RÉSUMÉ

Tout a commencé à la bibliothèque de l'école lorsqu'une vieille feuille est tombée d'un grand livre sur les pirates. On aurait dit un plan, car il y avait un grand « X » noir et un beau coffre rose dessinés. C'ÉTAIT UNE VRAIE CARTE AU TRÉSOR !

Maintenant, tout le monde fait la queue à la photocopieuse et attend sa copie parce que lorsque la cloche va sonner, LA CORRIDA AU TRÉSOR va débuter...

D1293836

© 2005

ISBN : 2-89595-097-0

Gouvernement du Québec - Programme de crédit
d'impôt pour l'édition de livres - Gestion SODEC

Boomerang éditeur jeunesse remercie la SODEC pour
l'aide accordée à son programme éditorial.

Aucune partie de ce livre ne peut être reproduite
ou copiée sous quelque forme que ce soit
sans l'autorisation écrite de l'éditeur.

Imprimé au Canada
Dépôt légal : Bibliothèque nationale du Québec,
2ᵉ trimestre 2005
Dépôt légal : Bibliothèque nationale du Canada,
2ᵉ trimestre 2005

Boomerang éditeur jeunesse inc.
Québec (Canada)

Courriel : edition@boomerangjeunesse.com
Site Internet : www.boomerangjeunesse.com

Texte et illustrations par Richard Petit

Modèles numériques fournis par : Daz 3D, Renderosity, HandspanStudio,
ThorneWorks, Patrick A. Shields, TrekkieGrrrl, HIM666, Amber Jordan,
Maya, Laura Gilkey, 3dmodelz, Aya-Zoozi, Poism, Jen, Jaguarwoman,
Uzilite, Nymesis, Epken, HMG Designs, Quarker, Anton's FX, 3D Universe,
Hankster, Gerald Day, Palladium 17, HMann et plusieurs autres…

Il était **2** fois...

J'ai un peu le trac !

Bon ! Alors c'est moi qui vais lui expliquer. Il était **2** fois... est un roman TÊTE-BÊCHE, c'est-à-dire qu'il se lit à l'endroit, puis à l'envers.

NON ! NE TE METS PAS LA TÊTE EN BAS POUR LE LIRE... Lorsque tu as terminé une histoire, tu peux retourner le livre pour lire l'autre version de cette histoire. CRAQUANT, NON ? Commence par le côté que tu désires : celui de **4**-Trine ou mon côté à moi... Zoé !

J'peux continuer ? BON ! Et aussi, tu peux lire une histoire, et lorsque le texte change de couleur, retourne ton livre. À la même page de l'autre côté, tu vas découvrir des choses...

Deux aventures dans un même livre.

Tu crois qu'elle a capté ?

CERTAIN ! Elle a l'air d'être aussi brillante et géniale que nous...

nous allons commencer
par les présentations

non mais, quelle
tête!

ZOÉ

4-Trine

Chouchoute du prof!!
ARCHI FAUX!
qui a écrit ce mensonge odieux?
Je vais le dire au prof...
Euh! Laissez faire!

Q: 4-Trine, avant c'était Catherine...
Elle est la preuve qu'il y a de la vie
sur une autre planète... ↑ BLAGUE

ma meilleure
chumie!

ALEX

Si tu le
trouves
mignon, prends un numéro, car
tu n'es pas la seule...

FRÈRE DE ZOÉ

Bon!
elle...
c'est
notre prof...
Gentille? oui
Des fois

Capucine
ou te capu
méchante

c'est
la
chatte de...
4-Trine!
Tu as deviné à cause
des pics roses
sur sa
tête, hein?

Poupou Vaudée
sert à jeter toutes
sortes de sortilèges!
AUX GARÇONS!
COOL!

Poupoulidou
est un petit extraterrestre
qui ne désire qu'une
chose: anéantir la
race humaine...
Mais sa maman ne
veut pas car a n'est pas
bien!

Jamais, par le passé, il n'y a eu autant de changements à l'école de Woopiville. Tous les élèves, eh oui TOUS LES ÉLÈVES, sont scotchés à cette idée de transformer leur classe respective. Ils ont même un slogan qu'ils ont collé partout sur les murs :

Ça, c'est

L'éCOOLe

Et ça marche, les élèves flippent à mort ! Tout le mérite de ce succès revient à deux filles… LESQUEL-LES ?

INDICES

Elles sont belles. Elles portent des fringues d'enfer. Ensemble elles sont SUPER COMPLICES, et tout le monde veut être leur ami ???

OUI ! Zoé et 4-Trine…

Zoé a un petit côté SAGE, TIMIDE, mais elle peut aussi être FOLLe, DÉLIRaNTe ! Ça n'a aucun sens, mais il ne faut pas se fier aux apparences. Parfois elle est assez, beaucoup… FIESTA ! C'est tout.

Catherine, elle… OUPS ! c'est vrai : 4-TRINE. Elle n'était plus CAP de répondre aux gens qui lui demandaient si « Catherine » s'écrivait avec un « C » ou un « K ». Alors elle a décidé, avec raison, de leur répondre : NI L'UN NI L'AUTRE ! Il s'écrit avec un « 4 » pour « 4-Trine »…

Alors 4-TRINE, elle, en gros, clairement – en fait, c'est très difficile à avouer –, est UNE EXTRATER-RESTRE ! Elle porte sur sa tête deux antennes qu'elle dissimule sous deux étranges chignons... NON ! c'est une blague... Elle est bien née sur Terre, car il y a des photos d'elle petite. TRÈS TRÈS MIGNONNE ! Mais c'est un peu ça : elle a l'air et elle a les manies d'une extraterrestre, mais elle n'en est pas une... BON !

PAS DE CE MONDE !!!

L'histoire commence où ? À la bibliothèque de l'école. Tous les élèves de la classe sont là. Ici, c'est très important de respecter la consigne écrite sur la pancarte qui dit :

Qui est l'idiot qui a rajouté ça ?

Bien sûr, la section la plus achalandée est celle des bandes dessinées.

Il y a toujours plein d'élèves qui se chamaillent silencieusement dans ce coin-là. Mais ne

Il est strictement interdit de parler ou de faire des bruits dégoûtants avec son corps

vous en faites pas, ce secteur est toujours placé sous haute surveillance : Caroline, la professeure, surveille. Bras croisés, il ne lui manque que le petit écouteur à l'oreille pour ressembler à un garde du corps de ministre.

Assise tranquille à une table, Zoé lit une histoire de son petit héros favori, Poupoulidou, et elle sourit.

Poupoulidou PART 4

POUPOULIDOU SEMBLE BEAUCOUP S'AMUSER AVEC SA CONSOLE.

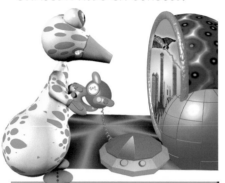

MAIS IL N'EN EST RIEN...

C'EST EN VÉRITÉ UN ENTRAÎNEMENT INTENSIF DANS LE MANIEMENT D'ARMES DE DESTRUCTION MASSIVE...

CHERS PARENTS, SOYEZ AVISÉS. CES JEUX VIDÉO, QUI, À PREMIÈRE VUE SEMBLENT AVOIR ÉTÉ CRÉÉS DANS LE BUT DE DIVERTIR...

... CACHENT UN DESSEIN BIEN SORDIDE. UNE MULTINATIONALE DIABOLIQUE CHERCHE À FAIRE DE VOS ENFANTS...

DES MACHINES DE GUERRE IMPITOYABLES...

ET DES TUEURS EN SÉRIE...

Dans la rangée des livres sérieux, se retrouve Zoumi, qui, comme toujours, fait semblant de chercher de la lecture plus intéressante. Zoé et 4-Trine l'ont aperçu...

« Ah ! Zoumi, se dit Zoé. Pour impressionner 4-Trine, il traîne toujours dans cette section. Il a vraiment tout essayé... J'ai tellement ri lorsqu'au début de l'année, il essayé de faire croire à 4-Trine qu'il s'appelait Zoumi Di Caprio !!! »

Zoumi observe autour pour voir si 4-Trine le voit et prend au hasard un vieux livre. Il l'ouvre sans regarder ce qu'il fait. Ça sent tout à coup très mauvais. Des pages jaunies du livre provient une odeur insupportable. Lorsque Zoumi tend les bras pour éloigner le livre de son visage, une feuille pliée tombe par terre. Zoumi n'a rien vu, car il a les deux yeux fermés et le visage tout en grimace, à cause de l'odeur.

Zoé et 4-Trine ont aperçu le papier et vont vers lui. Zoé ramasse délicatement le vieux papier de crainte qu'il ne tombe en pièces.

« C'est **SUPER** vieux, ce truc », dit-elle en le ramassant.

Zoumi ouvre les yeux, mais garde le livre loin... DE SON NEZ !

« Qu'est-ce que c'est ? demande 4-Trine. Un vieil examen qu'un élève a caché pour ne pas le montrer à ses parents ? Une note de la bibliothécaire ?

NON ! UNE LETTRE D'AMOOOUUR !

— CHUT ! fait tout bas Zoumi. Vous allez vous faire gronder, merci !

— Toi, t'occupe, lui intime 4-Trine. Mais qui est-ce qui pue comme ça ? C'est toi, Zoumi ? Tu devrais

INVESTIR et payer plus cher pour ton après-rasage, tu empestes !!! »

Zoumi sent son chandail, et Zoé ouvre lentement et délicatement la feuille…

« Mais je suis trop jeune pour me raser ! s'indigne Zoumi. Mon père m'a dit que pour me raser, il me fallait deux choses : un rasoir et de la barbe, merci !

— Un rasoir et ensuite de la barbe, se moque 4-Trine. Dans cet ordre ? Alors est-ce que c'est ton odeur corporelle de tous les jours ?

— Excusez-moi de vous demander pardon, répond Zoumi, mais je me douche chaque jour, merci !

— Tu m'énerves, Zoumi, avec tes "mercis" à la fin de CHACUNE de tes phrases…

— REGARDEZ ! leur montre Zoé, qui a ouvert la feuille. On dirait qu'il s'agit d'un plan…

— Un plan de quoi ? demande Zoumi. Merci !

— Ici, il y a un tracé, des mesures, remarque Zoé. UN GROS " X " et une espèce de coffre là… »

Le visage de 4-Trine s'illumine.

« C'EST UNE CARTE AU TRÉSOR ! s'exclame-t-elle. C'est évident ! »

CHHUUUUUUUUT !

« C'est une vraie, tu penses ? l'interroge Zoé.

— Non mais, t'as vu l'âge de ce truc ? Il est plus vieux que ma mère…

— Zoumi ! Montre-moi ce livre », lui demande Zoé.

Zoumi acquiesce avec plaisir (à cause de l'odeur).

« C'est un livre sur les pirates », constate-t-elle lorsqu'elle lit le titre.

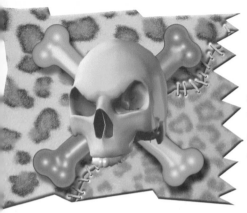

PIRATES
ET
FLIBUSTIERS

« Il n'y a aucun doute, en déduit Zoé. C'est une vraie carte au trésor, et nous allons le chercher.

— Non mais, as-tu bien lu la carte ? veut savoir son amie 4-Trine. Ce trésor, s'il existe, se trouverait quelque part à Guadalboubou. C'est sans doute une petite île perdue et oubliée dans la mer des Caraïbes.

— T'es vraiment poche en histoire, tu sais, lui lance Zoé. Woopiville s'appelait auparavant, eh oui !

GUADALBOUBOU !

— Guadalboubou est en fait Woopiville ? veut confirmer 4-Trine, ahurie.

— YA SISTA ! Exactement… Depuis 1874.

— Est-ce que tu savais ça, toi aussi, Zoumi ? lui demande 4-Trine. Suis-je la seule ignorante de cette classe ?

— Oui, merci ! répond Zoumi.

— Oui, merci quoi ? Oui, je suis ignorante ou oui, tu le savais ?

— Oui, les deux ! précise-t-il. Je le savais, et tu es ignorante, merci !

— Qu'est-ce qu'on fait ? veut savoir Zoé. Nous le gardons pour nous trois, ce plan ? Qu'est-ce qu'on fait, dites-moi ?

— OH NON ! Nous allons permettre à tout le monde d'en croquer. D'ailleurs, si nous trouvons un trésor, tout le fric servira à l'amélioration de l'école. N'oublie pas, ça semble peut-être complètement idiot pour certains, mais ce que nous faisons pour l'école, nous le faisons aussi pour nous… ET JE SUIS LOIN D'ÊTRE UNE IDIOTE !!!

— Alors, à la photocopieuse ! ordonne Zoé. Il faut rassembler tout le monde.

— Occupe-toi de cette partie avec Zoumi, explique 4-Trine. Moi, je vais créer une diversion et distraire Caroline. »

Marchant côte à côte pour cacher la carte au trésor, Zoé et Zoumi filent vers la photocopieuse.

« Elle est allumée, mais ZUT ! ça prend un code… »

Zoumi s'approche des commandes.

« Je le connais, moi, le code, soutient-il. Merci ! »

Il pianote sur les touches « W », « I », « G », « G », « L », « E » et « T ».

WIGGLET !!!

Et la photocopieuse commence sa routine de préparation.

« T'es pas complètement inutile comme ami, toi, lui dit Zoé en lui lançant un clin d'œil.

— MERCI ! »

Zoé jette un regard en direction de 4-Trine, qui parle avec Caroline.

LA VOIE EST LIBRE !!!

« Maintenant, toi, Zoumi, va chercher tous les élèves de la classe… PAR PETITS GROUPES DE TROIS ! Pas plus, car il ne faut pas éveiller les soupçons. Moi, je vais faire les photocopies… »

GO ! GO ! GO !

Zoumi se déplace en essayant d'avoir l'air le plus innocent possible, mais il a plus l'air d'un garçon pressé de se rendre aux toilettes.

Zoé soupire…

Mais tout est sous contrôle, car 4-Trine a réussi à envoyer Caroline dans la classe pour qu'elle aille chercher quelque chose…

Trois élèves arrivent avec Zoumi près de la photocopieuse.

« Mais qu'est-ce que c'est que cette histoire de trésor ? demande aussitôt l'un d'eux. Est-ce que c'est vrai ?

— Ce plan est tout ce qu'il y a de plus vrai, lui répond Zoé avec certitude. Il y a un trésor de pirates caché à Woopiville, et il faut le trouver… »

Zoé appuie sur le bouton.

ZZZZZZZ ! CHOUP !
ZZZZZZZ ! CHOUP !

« **POLICE !** Vous êtes tous en état d'arrestation ! lance 4-Trine, qui arrive près d'eux. ꞉!꞉! Caroline est partie dans la classe et elle m'a nommée responsable.

— Tenez, vos photocopies de la carte au trésor. Passez le mot aux autres pour qu'ils viennent eux aussi à la photocopieuse, indique Zoé.

— Dans l'ordre et la discipline, sinon vous allez goûter à ma matraque ! déconne 4-Trine.

— Elle t'a vraiment donné la responsabilité de toute la classe ? veut savoir Zoé, incrédule.

— Je suis très responsable, TU SAURAAAAS ! » lui répond-elle en lui faisant une grimace.

Il faut croire que la chance est vraiment avec eux, car lorsque Zoé remet le dernier plan au dernier ami, CAROLINE ARRIVE DANS LA BIBLIOTHÈQUE !

OUF !

« ATTENTION TOUT LE MONDE ! crie-t-elle. Il ne reste que cinq petites minutes, alors ceux qui veulent prendre des livres, venez tout de suite, je vais les enregistrer. »

Quelques élèves accourent …

« JE N'AI PAS FINI ! » signale-t-elle.

Tout le monde reprend sa place.

« En entrant, j'ai aperçu sur une table… UN LIVRE SUR LES PIRATES. »

« Oh non ! se dit Zoé en fermant les yeux. Nous nous sommes fait prendre! Je savais que c'était trop beau pour être vrai. Une chasse au trésor avec un vrai trésor, pour une fois. LE RÊVE ! Nous nous serions vraiment éclatées, 4-Trine et moi, à chercher comme des folles dans la ville... QUEL DOM-MAGE ! Ce trésor aurait vraiment aidé à transformer l'école... TRÈS DOMMAGE ! »

C'était vraiment...

L'occase en or !!!

Caroline poursuit : « Et ce livre sur les pirates m'a donné une idée TRÈS INTÉRESSANTE ! Ce soir, comme devoir, je vais vous demander de faire un petit travail sur... LES PIRATES ! Leurs bateaux, leurs drapeaux, leurs armes, enfin, ce que vous voulez... »

Tous les élèves se regardent...

« Faites-moi quelque chose de joli avec plein de dessins, demande-t-elle ensuite. Ce soir, j'insiste pour que vous vous amusiez ! Demain, je vais offrir à celui ou celle qui m'aura produit le plus beau travail... UN CADEAU ! NON ! restons dans le thème : UN TRÉSOR !!! »

Zoé dévisage 4-Trine...

« C'est complètement fou, cette histoire !

— Dans une minute, la cloche va sonner, murmure 4-Trine, et, je ne sais pas si tu le réalises, mais dans une minute, nous allons vivre ce qui sera probablement... LA PLUS BELLE SOIRÉE DE NOTRE VIE !

— Ce n'est plus une CHASSE au trésor, conclut Zoé, tout excitée, c'est une... CORRIDA ! »

Les dernières secondes s'égrènent et enfin... la cloche se fait entendre.

« ELLE T'AIME ! YEAH ! YEAH ! YEAH ! »

Depuis que 4-Trine a tripoté le système informatique de l'école, c'est cette chanson que tout le monde entend lorsque les classes sont terminées. Elle a aussi changé le code d'accès de l'ordi, et personne ne peut remettre le tout comme c'était avant.

« ELLE DIT QU'ELLE T'AIME !... »

Ça fait criser le directeur, mais avouez, c'est beaucoup mieux que le stupide DRIIIING ! habituel...

Dans la cour de l'école, Zoé et 4-Trine consultent la carte.

« Pas très claire, cette carte, constate Zoé, qui essaie de comprendre. C'est tout plein de dessins et de mots, des mots qui n'existent même plus dans nos dicos.

— Regarde ce dessin d'immeuble, pointe 4-Trine. On dirait une fabrique... DE FROMAGE !

— Mais il n'y a pas de fabrique de fromage à Woopiville, fait remarquer Zoé.

— Non, et je crois que ce n'est pas le seul édifice à avoir été démoli et remplacé par un autre. Plus de cent ans se sont écoulés...

— Mais si la moitié des maisons ont été démolies, demande Zoé, comment allons-nous faire pour nous retrouver sur cette carte ?

— Ça ne sera pas simple, mais je crois que j'ai une idée, lui explique 4-Trine. Pour trouver l'emplacement de la vieille fromagerie, ça va nous prendre... DU FLAIR ! Ça va nous prendre...

CAPUCINE !!!

— Ce sont les chiens qui ont du flair, pas les chats ! affirme Zoé.

— Capucine n'est pas une chatte ORDINAIRE ! Elle possède des dons, réplique 4-Trine.

— OUAIS ! C'est vrai qu'elle est très douée pour manger les lacets des souliers et des espadrilles…

— JE SUIS SÉRIEUSE ! dit sèchement 4-Trine. Nous allons l'amener avec nous. Elle sera très utile.

— Tu crois sincèrement que *INDIANA* Capucine va être capable de trouver l'odeur du fromage d'une fromagerie détruite il y a de cela des années ?

— T'AS UNE AUTRE IDÉE ? répond 4-Trine. NON ! Alors c'est mon plan qui est le meilleur. Va chercher chez toi une lampe et quelques outils. Mieux vaut être prêtes à tout. Moi, je vais chercher Capu. On se rejoint dans quinze, devant la fontaine du parc… »

« Elle est complètement tombée sur la tête ! se dit Zoé en roulant sur sa trottinette. AH ! JE SAIS ! C'est la bouffe de la cafétéria de l'école.

OUAIS !
Ce sont ces
boules dans la
sauce orange
qu'ils nous ont
servies… VOILÀ
LE RÉSULTAT !!! »
Zoé roule à toute
vitesse sur le trottoir
jusque chez elle. Là, elle
saute de sa trottinette qui,
elle, continue quelques mètres
avant de s'arrêter dans un bosquet.
« BIEN VISÉ ! se félicite-t-elle
avant de pousser la porte.

— C'est qui ? demande Alex, son grand frère.

— C'est moi ! lance Zoé, MISS WOOPIVILLE EN PERSONNE !!! Quelle chance tu as de me con-naître…

— PAS CERTAIN ! lui répond son frère en appuyant sur le bouton « pause » de sa télécom-mande. Maxime a ENCORE appelé, POUR LA QUATORZIÈME FOIS !

— Dis-lui que je suis devenue astronaute et que je suis partie en mission vers Jupiter. DE RETOUR DANS SIX ANS…

— Tu ne m'avais pas dit qu'il était le garçon LE PLUS BEAU ET LE PLUS COOL DE L'ÉCOLE ?

— Malheureusement, il est aussi LE PLUS FATIGANT ! ajoute Zoé. J'peux emprunter ta lampe de poche ?

— Deuxième tiroir, entre mes bas et mes sous-vêtements...

— **DÉGUEULASSE !**

— Non ! Elle est dans le garage, dans le coffre à outils.

— Ça tombe pile, j'ai justement besoin de ça aussi.

— Une lampe et des outils ! Tu ne vas pas dévaliser une banque, j'espère ? lui demande son frère.

— Ça ressemble à ça ! Je ne rentre pas pour le souper, dis-le à maman, j'ai pris une barre tendre et une pomme... BYE ! »

Sac à dos, trottinette, et Zoé file plein gaz vers le parc.

Sur la rue, elle aperçoit le directeur qui arrête sa voiture devant le dépanneur. Caroline et deux autres professeurs de l'école en descendent...

SUPER BIZARRE ! Ils vont tous au dépanneur... Dans le parc, Zoé arrive face à face avec Capucine, qui lui saute dans les bras et lui fait des caresses en ronronnant...

méchant ! méchant chat...

« J'ai une lampe, des outils… ET TON CHAT ! dit Zoé à 4-Trine alors qu'elle arrive près d'elle. Dis, tu vas me laisser faire tout le boulot longtemps comme ça ?

— PFOU ! fait 4-Trine en même temps qu'elle attrape Capucine.

— Alors, comment tu vas faire maintenant ? demande Zoé.

— Nous allons faire comme à la télé, explique 4-Trine. Il me reste un bout de fromage de ma collation. Je vais le faire sentir à Capucine, et elle nous conduira directement à la vieille fromagerie. Enfin, j'espère… »

Après avoir senti le fromage, Capucine se pourlèche les babines et se met à courir. Direction : le dépanneur du coin…

Devant le dépanneur, elle s'arrête et se met à miauler.

MIAOU ! MIAOUU !

« Tu crois que c'est ici que se trouvait la fromagerie ? demande Zoé à 4-Trine. Qu'est-ce qui te dit que ce ne sont pas les crottes de fromage à l'intérieur qui ont attiré Capu ?

— SORTONS LA CARTE ! décide alors 4-Trine. REGARDE ! Sur la carte, devant la fromagerie, il y a une petite forêt. Ici, devant le dépanneur… IL Y A UN PARC !

— C'EST EXACT ! s'exclame Zoé. Ça ne peut pas être ailleurs à Woopiville.

— Le plan dit qu'il faut faire trois cents pas à partir de la statue du fondateur de la fromagerie.

— Tu vois une statue, toi ? demande Zoé. Jamais vu de statue ici, et je viens acheter des cochonneries presque tous les jours. AAAAAH ! Peut-être qu'elle se trouve à l'intérieur, ajoute-t-elle. ALLEZ ! On entre. »

Capucine saute sur une marche...

« NON ! l'arrête Zoé. Les animaux ne peuvent pas entrer. Regarde ! C'est écrit sur le panneau : "Chiens, chats et éléphants interdits"... Un jour, il faudrait dire à Tong Pou qu'il n'y a pas beaucoup d'éléphants à Woopiville. »

Derrière la porte, Tong Pou les salue toutes les deux, comme s'il s'attendait à recevoir leur visite.

OH ! OH ! TRÈS BIZARRE...

Un peu surprises, Zoé et 4-Trine lui font un sourire timide et lui envoient la main. Tong Pou pointe ensuite un mannequin habillé en rappeur sur lequel sont accrochés des sacs de croustilles.

« Non, merci ! fait 4-Trine. Nous ne voulons pas de croustilles.

— OUI ! OUI ! C'est là ! C'est là ! » dit-il, insistant avec son doigt toujours pointé vers le mannequin.

Étonnée de voir que Tong Pou insiste, Zoé s'approche de la statue et lui enlève sa casquette. Sous celle-ci, qui était bien enfoncée sur la tête, elle découvre... UN VISAGE DE MARBRE !

LA STATUE DU FONDATEUR !!!

« YAHOOOUUU ! hurle Zoé, nous l'avons trouvée. Si la statue existe, le trésor aussi... EXISTE !!! Nous allons être riches !

— NON ! PAS YAHOU ! reprend 4-Trine. Je ne veux pas jouer les

rabat-joie, mais comment se fait-il que Tong Pou savait ce que nous cherchions ? »

Zoé se retourne vers Tong Pou.

« Vous n'êtes pas les seules à chercher cette statue, leur explique Tong Pou. Il y a plusieurs élèves qui m'ont posé des questions, même que trois professeurs sont venus avec votre directeur. »

Zoé et 4-Trine se dévisagent.

« LES PROFS ! s'étonne Zoé. Mais ils ne sont même pas au courant. CEUX QUI EN ONT PARLÉ AUX PROFS VONT VRAIMENT SE FAIRE ENGUEULER !!!

— Tu peux commencer par NOUS engueuler tout de suite parce que... C'EST NOUS, lui dit 4-Trine. Nous avons oublié la carte au trésor ORIGINALE DANS LA PHOTOCOPIEUSE ! »

Zoé ferme les yeux, car elle réalise sa MÉGA bévue...

« Ce n'est pas le temps de s'apitoyer sur notre sort ; nous avons pris du retard, et il faut essayer de rattraper le temps perdu… »

Déterminée, 4-Trine ouvre la carte.

« BON ! Maintenant, il faut faire trois cents pas.

— DANS QUELLE DIRECTION ? demande Zoé.

— Dans la direction indiquée par le regard de la statue.

— PAR LA FENÊTRE ! montre Zoé. Allons-y.

— Un, deux, trois… » compte 4-Trine, suivie de Zoé.

Tong Pou ouvre la fenêtre, et les deux filles glissent à l'extérieur.

« Six, sept, huit…. Deux cent quatre-vingt-dix ! »

Devant elles, à trois cents pas exactement, s'élève la vieille mairie construite à l'époque où Woopiville n'était qu'un simple village. C'est un monument classé historique, c'est pour cela qu'il existe toujours.

Zoé et 4-Trine aperçoivent le directeur près du vieil édifice. Il est accompagné de Caroline, qui prend des notes. Sans attendre, Zoé et 4-Trine sautent se cacher derrière un arbre. Des groupes d'élèves arrivent aussi autour de la mairie.

« Qu'est-ce qu'on fait ? demande Zoé. C'est tout plein de monde.

— Je préfère ne pas me montrer, lui répond 4-Trine. Et puis, ils ont tous l'air comme bloqués ici. »

RIEN CAPTÉ !!! Comme qui dirait…

« Regardons plutôt ce que dit la carte, propose alors 4-Trine, assise sur le gazon. Nous avons bien compté les pas, donc nous sommes à la bonne étape... AH ! TIENS ! il y a une indication, il est écrit : "L'HEURE, C'EST AUTRE CHOSE QUE LE TEMPS"... »

« L'heure, c'est autre chose que le temps ? se met à réfléchir Zoé, qui ne comprend absolument rien. L'heure, ce n'est pas l'heure !!! »

Gnan ! Gnan ! TSOIN ! TSOIN !

« C'est quoi, ça, comme indice ? Franchement... Ça ne peut pas être plus nul comme indice. »

« T'as une idée, toi ? lui demande Zoé, complètement perdue. Peut-être que nous devrions nous joindre aux autres ? Ensemble, nous aurions plus de chance de trouver le trésor.

— AH OUAIS ! se moque 4-Trine. Et lorsque nous serons près du but, le directeur nous ordonnera de rentrer pour s'emparer seul du butin des pirates...

PAS QUESTION !

— Tu crois vraiment que s'il trouve le trésor avant nous, il va le garder pour lui ?

— Veux-tu en courir le risque ? »

Zoé fait non de la tête.

« Ce trésor va appartenir à ceux qui réussiront à le trouver ! continue 4-Trine. C'est le butin de multiples pillages de navires, donc... UNE GRANDE FORTUNE !

— Alors, il faut le trouver avant lui », souhaite Zoé.

Ensemble, elles étudient la carte. Sur la façade de la mairie, il y a une grande horloge qui fonctionne toujours. C'est peut-être la clé de l'énigme. Zoé observe les longues aiguilles, ensuite les chiffres.

« Très, très curieux, ces chiffres ; ils ont des formes plutôt étranges. »

4-Trine remarque tout à coup que le chiffre « 7 » a des trous... COMME DU FROMAGE SUISSE ! Zoé note ensuite que le chiffre « 4 » est un petit arbre dessiné.

« JE SAIS ! s'exclame soudain Zoé. Le chiffre « 7 » représente la fromagerie, et le « 4 » représente le parc... L'HORLOGE EST UNE CARTE DE LA VILLE !

24

— T'ES CERTAINE ? »
                JE FLIPPE À MORT !
« Et le centre de l'horloge est l'endroit exact...,
commence à dire Zoé.
— OÙ SE TROUVE LE TRÉSOR ! » termine 4-Trine.

« Si nous réussissons à identifier tous les chiffres
et les nombres de l'horloge... NOUS TROUVERONS
L'ENDROIT OÙ EST CACHÉ LE TRÉSOR !!! affirme
Zoé, certaine de ce qu'elle avance.
            — MÉGA COOL ! s'exclame
4-Trine. Les casse-tête et les jeux de
réflexion, c'est vraiment ton secteur...
T'ES LA TOP ! Alors occupe-toi de
résoudre l'énigme, moi, je vais aller
rejoindre le directeur et l'envoyer
sur une mauvaise piste, question de
gagner du temps. »
            Cachée par les voitures,
4-Trine marche le dos courbé.
Elle traverse la rue et court
rejoindre le directeur, qui
examine chacune des bri-
ques de l'édifice à la
recherche d'une indication
quelconque pouvant le
conduire au trésor.

Zoé, bien assise près de l'arbre, étudie les chiffres de l'horloge. « Le chiffre "1" ressemble étrangement à une colonne. LA BIBLIOTHÈQUE ! C'est le seul édifice à colonnes dans la ville. Le "2", facile, ressemble à un cours d'eau : il représente la rivière… »

Zoé sort son petit calepin et note tout.

« Le chiffre "3", on dirait la lettre "M" tournée sur le côté. C'EST UN "M" ! Le "M" du musée… Passons au "4". Ah oui ! le "4" représente le parc. Le chiffre "5" est écrit dans une étoile… L'HÔTEL 5 ÉTOILES !!! OUI ! Le "6", c'est la vieille mine de fer parce qu'il est fait de métal. Le "7", la fromagerie, bien sûr. Le "8", en flammes, représente la caserne de pompiers. »

FACILE COMME TOUT !

« Le chiffre "9", en verre, la manufacture de bouteilles. Le "10" représente le vieux marché aux puces situé au 10 de la 10e avenue. Le "11", lui, représente l'hôpital parce que l'hôpital possède 11 étages, et finalement le "12"… Le "12", quoi ?… LA MAIRIE ! Parce qu'il y a 12 fontaines devant l'entrée… Alors voilà !

« Maintenant, tous ces endroits sont bien dessinés sur la carte au trésor, remarque Zoé, alors si je trace des lignes avec mon stylo pour joindre tous les édifices, c'est au point de jonction de ces lignes que devrait se cacher… LE TRÉSOR !

« **NON !** crie Zoé en mettant la main sur sa bouche. Le trésor a été caché à l'endroit exact où a été construite... L'ÉCOLE ! »

Zoé regarde en direction de la mairie; 4-Trine revient vers elle...

« La première chose que tu dois faire lorsque nous allons trouver ce trésor est de m'acheter un trophée... UN OSCAR ! lui dit 4-Trine, très excitée. J'ai réussi à mettre le directeur et sa bande de chasseurs de trésors sur une TRÈS mauvaise piste. Ils ont TOTALEMENT cru ce que je leur ai dit...

— **YAHOOOUUU !** s'écrie Zoé.

— Et toi, as-tu réussi à résoudre l'énigme de la carte et trouvé l'endroit où se cache le trésor ? »

Zoé sourit et fait un signe affirmatif de la tête.

« **TROP COOL !** se réjouit 4-Trine en prenant Zoé dans ses bras. Et où il se trouve, ce trésor des pirates, qui deviendra sous peu... LE TRÉSOR DE ZOÉ ET 4-TRINE ?

— Tiens bien l'anneau que tu as dans le nez parce que tu ne vas pas me croire...

— **OÙ ? OÙ ? OÙ ?** veut savoir 4-Trine, toute fébrile.

— À L'ÉCOLE ! Il se trouve caché à l'endroit exact où a été construite l'école... PEUX-TU LE CROIRE ? »

4-Trine arbore une mine déconfite, aussi déconfite qu'une tarte écrasée par un gros camion…

Zoé est étonnée de sa réaction.

« QUOI ? QU'EST-CE QU'IL Y A ? T'es pas contente ? J'ai trouvé l'endroit où se cache le trésor et t'es pas contente…

— Non, pas contente, pas contente du tout ! Parce que devine où j'ai envoyé le directeur chercher le trésor…

— NON MAIS, JE RÊVE ! implore Zoé. Que dis-je… JE FAIS UN CAUCHEMAR !

— YEP ! À L'ÉCOLE ! »

Zoé se laisse choir par terre.

POUM !

Désolée, 4-Trine fixe le sol.

De longues secondes s'écoulent avant que l'une des deux se décide à briser le silence.

Zoé se relève et regarde 4-Trine directement DANS LES YEUX.

« Tu vas bien m'écouter maintenant, lui dit-elle, l'air très sérieux. Il n'est pas question de LÂCHER, est-ce que tu m'entends ? ALLÔ !!!

— Je m'excuse, soupire son amie.

— *NON !* reprend Zoé, tu n'as aucune raison de t'excuser, AUCUNE ! La partie n'est pas terminée, alors tu vas te ressaisir, car j'ai vraiment besoin de toi pour trouver ce foutu trésor. Tu oublies que nous sommes LES PLUS GÉNIALES ET LES PLUS BRILLANTES !

— LES PLUS BELLES AUSSI ! ajoute 4-Trine.

— Oui, certain, mais ça ne va pas nous aider à trouver le trésor… »

Zoé sur sa trottinette, 4-Trine sur sa planche, les filles partent, décidées, en direction de l'école. Là, il n'y a personne en vue. Trottinette et planche cachées dans les buissons, elles essaient d'ouvrir la grande porte...

VERROUILLÉE ! C'EST SÛR...

« Je connais une façon d'entrer, dit alors 4-Trine. Attends-moi ici, je vais t'ouvrir. »

Zoé fait oui de la tête, et 4-Trine disparaît dans la cour de l'école.

Des bruits proviennent de l'intérieur.

BANG ! BOOUM !

Zoé baisse la tête.

BRAAAM !

« Ça provient du troisième étage, remarque-t-elle. Ça ne peut pas être 4-Trine, elle vient tout juste de me quitter. »

BRAOUUUM !

École WOOPIVILLE

« Certain qu'il s'agit du directeur, se dit Zoé. Personne d'autre n'a la clé pour entrer dans l'école. »

Le visage de Caroline se colle quelques secondes à la fenêtre de la classe au troisième.

« C'est bien eux ! »

fait la serrure de la porte.

Zoé se relève et se place devant la porte, qui s'ouvre.

« Bravo ! mais je commençais à trouver le temps long, lâche Zoé. Monsieur le directeur est…

— EST QUOI ? demande le directeur en ouvrant la porte. Je suis quoi ? »

Zoé, toute surprise de ne pas voir 4-Trine, sursaute.

« AAAH ! euh ! Vous êtes… euh ! réfléchit Zoé, qui ne sait pas quoi dire. Vous très gentil, car vous… vous allez me laisser entrer pour que je puisse prendre ma paire de ciseaux parce que j'ai du bricolage à faire ce soir, dit-elle tout d'un trait.

— PAS QUESTION ! répond sèchement le directeur. L'école est fermée, reviens demain matin », ajoute-t-il, et il referme violemment la porte.

BLAAAAM !

Zoé passe le revers de son chandail sur son front.

« OUF ! que j'ai eu chaud... »
TROP PRÈS !!!
Un « PSSSSSSSSST ! » provient
d'une fenêtre ouverte du sous-sol...
C'EST 4-TRINE !!!

Zoé se penche vers 4-Trine...

« Alors je vais prendre deux hot-dogs, une frite et un cola, s'il vous plaît. C'est pour emporter !

— Pas le temps de déconner ! s'impatiente 4-Trine. Ils sont en train de fouiller l'école de fond en comble. Moi, je crois que nous devrions commencer par ici. Allez, entre !

— Mais, remarque Zoé, le plancher, ici, ce n'est pas du ciment, c'est de la terre...

— Exactement ! Et tu sais que les pirates ENTERRAIENT leurs trésors, alors c'est logique de commencer par ici. Montre-moi la carte. »

Sous la lueur faible d'une lumière suspendue au plafond, elles essaient toutes les deux de comprendre ce que représentent les signes et les dessins.

« OUAH ! fait Zoé. Dessinée sur le grand "X" noir, il y a une espèce de crâne avec une espèce de foulard sur la tête et une espèce de couteau entre les dents.

— Bien justement, t'as pas à avoir peur, ce n'est qu'une ESPÈCE de dessin...

— Tu comprends quelque chose, toi ? questionne Zoé. Cette phrase dit : "Beaucoup plus qu'un couteau entre les dents." »

4-Trine étudie bien l'image.

« Tu vois autre chose qu'un couteau entre ses dents, toi ? demande-t-elle à Zoé, qui se gratte la tête. T'as des poux ? »

PAS GENTIL !!!

« Je réfléchis, idiote ! répond Zoé, insultée. Tu devrais essayer de temps à autre, surtout avant de parler... »

Zoé se concentre...

« Je crois qu'il y a autre chose que le couteau entre les mâchoires de ce crâne, réfléchit-elle. Et ce "autre chose" ne peut être que la vedette du jour. Et j'ai nommé... LE TRÉSOR !

— Alors si j'ai bien capté, reprend 4-Trine, si nous trouvons le crâne, nous trouverons aussi le trésor...

— C'EST EXACT ! s'exclame Zoé sur un ton moqueur. Et qu'est-ce que remporte notre participante, Georges ???

— Arrête de niaiser, lui intime 4-Trine. Tu vois un crâne par ici, toi ?

— T'énerve ! Je vais chercher... »

Bon ! Ici, en bas, c'est humide, ça ne sent pas très bon, et surtout, IL N'Y A PAS DE DESSIN OU DE CRÂNE SCULPTÉ SUR LES MURS ! Alors ce n'est pas ici...

BURRITO !!!

« Donc nous n'avons plus le choix, se résigne Zoé. Il va falloir fouiller toute l'école pour trouver ce crâne.

— TOUTE L'ÉCOLE ! dit 4-Trine, découragée. L'école est grande en titi… »

Des pas se font entendre…

POUM ! POUM ! POUM !

… dans l'escalier.

« Ils viennent par ici, chuchote Zoé à l'oreille de 4-Trine. Filons par l'autre porte.

En douce, elles trottent droit vers le grand escalier qui les conduit tout à fait en haut. Cinquième étage…

En passant près d'une fenêtre, 4-Trine jette un coup d'œil à l'extérieur, puis stoppe complètement.

« Regarde ! » dit-elle à Zoé.

Zoé se penche vers la fenêtre.

« Des élèves de la classe arrivent, puis après ?

— NON ! NON ! NON ! Tu ne remarques rien ? » insiste 4-Trine.

« Mais je ne vois rien d'autre que Charles, Zoumi, Maude et quelques autres, cherche Zoé sans trouver. Des arbres, la cour de l'école, le stationnement pour garer les voitures des profs. Je n'y vois rien d'autre… »

« Désolée ! se résigne à lui dire Zoé. Je ne vois rien… De quoi tu parles ? Montre-moi !

— Le parc en plein milieu de la cour de l'école, lui explique 4-Trine. Observe sa forme curieuse.

— Une tête, UN CRÂNE ! réalise soudain Zoé. Il a la forme d'un crâne... »

« **YEP!** EXACTEMENT ! Il a la forme d'un crâne, lui montre du doigt 4-Trine. Les deux grosses roches forment les orbites, et entre ses mâchoires, il y a...

— LE VIEUX PUITS CONDAMNÉ !!!

— ET TOC !!! »

STRATÉGIE ! STRATÉGIE !

« Et maintenant, on fait quoi ? demande Zoé. On informe les autres ?

— Pour alerter le directeur ? s'oppose vivement 4-Trine. T'ES FOLLE ! Toi, tu prends la direction du puits. Retourne au sous-sol et ressors par la fenêtre. Ne te fais pas voir par le directeur et les autres. Moi, sans que personne ne me voie, je vais ouvrir la porte pour permettre à nos amis d'entrer dans l'école. Ensuite, la voie sera libre, et je te rejoindrai au puits... »

GO ! GO ! GO !

Sur la pointe des pieds, Zoé et 4-Trine descendent les marches jusqu'au rez-de-chaussée.

Là, Zoé montre son pouce à 4-Trine, et les deux amies prennent des directions différentes.

À gauche et à droite, la voie est libre. Zoé descend les dernières marches de bois qui la conduisent au sous-sol. Il fait très noir, toutes les lumières sont éteintes. Le directeur, Caroline ainsi que les deux autres professeurs sont partis.

Les mains placées devant elle, Zoé avance dans la noirceur.

OUPS ! le mur est froid.

Vers la gauche, la lumière du soleil pénètre… C'EST LA FENÊTRE ! Sur la pointe des pieds, un petit coup, et …

HOP !

Zoé se retrouve dehors.

IL N'Y A PLUS PERSONNE ! 4-Trine a réussi à ouvrir la porte, c'est certain. Sur le ventre, comme un alligator, Zoé avance vers le parc.

Arrivée au puits, elle se lève et passe la tête par-dessus les pierres.

Le puits est scellé par de lourdes planches toutes clouées !

Entre les feuilles mortes, elle aperçoit, sculpté dans le bois… UN COUTEAU !

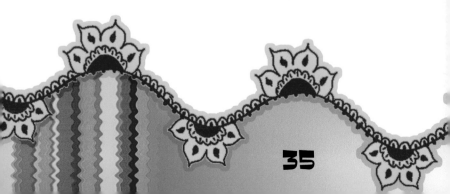

Zoé fait un grand sourire à 4-Trine, qui arrive.

« T'es sérieuse ? lui demande-t-elle. C'est là que se cache le trésor ? »

Zoé fait oui de la tête...

YESSSS !

Frénétiques, elles enlèvent le tas de feuilles qui couvre en partie l'entrée. Debout sur le couvercle du puits, elles cherchent toutes les deux une ouverture pour pénétrer à l'intérieur.

« Bon ! il n'y a pas de porte ni de poignée ! remarque Zoé.

— Ni de serrure ! constate 4-Trine, elle aussi.

— C'est peut-être un mécanisme à déclenchement vocal comme dans l'histoire d'Ali Baba, songe tout haut Zoé.

— Euh ! pardon ? Pouvez-vous répéter la question ? fait 4-Trine, qui n'a absolument rien compris...

— Rappelle-toi, lui raconte alors Zoé. Pour ouvrir sa grotte, Ali Baba devait prononcer une parole magique.

— AH OUAIS ! se souvient maintenant 4-Trine.

— Pensais-tu vraiment que ça allait marcher ?

— Ça ne coûte rien d'essayer, lui répond 4-Trine. Alors, d'après toi qu'est-ce qu'il faut dire à cette foutue entrée pour qu'elle s'ouvre ? S'il vous plaît, laissez-nous entrer ?

— Le nom du pirate, peut-être ?

— Ouais ! réalise soudainement 4-Trine. C'est quoi, au fait, le nom de ce pirate ?

— BARBE FOU ! » répond Zoé en regardant la feuille.

Tout de suite, le bruit d'un mécanisme qui s'enclenche se fait entendre.

CRIIC ! **CLAANC !** *CRRR !*

Le plancher de bois s'enfonce lentement avec Zoé et 4-Trine.

Au-dessus de leur tête, le cercle de lumière de l'embouchure du puits se fait de plus en plus petit.

À une dizaine de mètres sous le sol...

BLANG !

... le mécanisme s'arrête au fond d'une vaste grotte sombre et humide. Zoé allume sa lampe et descend de la plaque de bois. Trois chauves-souris se décrochent de la voûte et disparaissent dans un passage.

HRUIII !

HRUIII !

HRUUUII !

4-Trine sourit et montre le passage à Zoé, qui y pointe sa lampe.

De l'eau s'écoule par grosses gouttes sur leur tête. Le passage est étroit. La tête penchée, elles avancent prudemment. Tiens ! il y a des dessins sur les parois.

Le cœur de Zoé bat à tout rompre.

« J'ai un peu peur ! chuchote-t-elle à son amie.

— Tu veux que je passe devant ?
demande alors 4-Trine.
— Oui !
— Prête-moi la lampe... »
Zoé attrape le chandail de
4-Trine, qui continue d'avancer.

HRU/// ! HRUUU// !

**LES CHAUVES-SOURIS
REVIENNENT !**
Accroupies dans une flaque
d'eau, elles ferment les
yeux. Les deux chauves-
souris passent à quel
ques centimètres de leur
tête. OUF ! 4-Trine
éclaire le passage.
« Courage, dit-elle à
Zoé. Nous arrivons...»
Les piles de la lampe
faiblissent. 4-Trine
augmente la cadence
et arrive dans une
galerie au milieu de
laquelle est posé sur
un socle de pierre...

UN JOLI PETIT
COFFRE ROSE !!!

Zoé oublie sa peur.

4-Trine s'approche du coffre. Avec le faisceau de la lampe qui faiblit de plus en plus, elle examine rapidement le coffre et le socle, question de ne pas se faire prendre par un quelconque piège.

On dirait qu'il n'y a rien !

Lentement, Zoé soulève le coffre et s'arrête. Pas de bruit ! C'est bon signe... Elle le glisse ensuite dans son sac à dos, et toutes deux retournent se placer sur la plaque du puits qui s'actionne avant même qu'elles aient prononcé le moindre mot.

Zoé, qui ne comprend pas ce qui se passe, regarde 4-Trine et hausse les épaules. En haut, dans l'ouverture du puits, elles aperçoivent des ombres qui bougent.

OUAIP ! C'est le directeur ! Il est avec Caroline et les deux autres professeurs. Tous les élèves de la classe doivent être là aussi...

Une fois qu'elles sont arrivées tout à fait en haut, il tend sa main ouverte vers les deux filles d'un air victorieux. 4-Trine baisse la tête. Zoé, la mine déconfite, fouille dans son sac et remet le petit coffre rose... AU DIRECTEUR !

Autour de lui, tout le monde se rassemble. Avec un tournevis, le directeur brise la serrure du petit coffre et découvre à l'intérieur... ABSOLUMENT RIEN ! Le coffre est vide...

Sans bouger la tête, il lève les yeux vers Zoé et 4-Trine. La colère peut se lire dans son regard. Il s'approche de 4-Trine...

OH LÀ LÀ !!!

« Tiens, dit-il en essayant de garder son calme devant tout le monde, tu peux le garder TON STUPIDE COFFRE ROSE ! Ça va te faire un beau coffre à bijoux. »

Et il s'éloigne vers sa voiture.

Caroline croise les bras.

« Bon, alors n'oubliez pas votre travail pour demain matin, rappelle-t-elle à tout le monde. Je veux un travail sur les pirates et je ne veux pas que vous m'écriviez quoi que ce soit sur ce qui vient de se passer. Compris ? »

Caroline s'approche de Zoé et 4-Trine.

« Et vous deux, vous êtes TRÈS CHANCEUSES d'avoir oublié la carte au trésor dans la photocopieuse parce que le directeur vous aurait sans doute accusées du vol de matériel scolaire si vous étiez parties avec...

TRÈS CHANCEUSES !

— Tout est bien qui finit bien, madame », dit 4-Trine.

Caroline ainsi que tous les autres s'éloignent et rentrent.

Les mains sur les hanches, très mécontente, Zoé tape du pied.

« Tout est bien qui finit bien, tu dis ? lui répète-t-elle. Nous avons perdu la soirée à courir après ce stupide coffre rose… VIDE !

— Est-ce que tu le veux, toi ? lui demande alors 4-Trine. Ça pourrait te faire un souvenir…

— Je ne veux pas de souvenir parce je ne veux pas me rappeler cet épisode TRÈS MOCHE de ma vie… TU SAURAS !!! »

Très déçues, elles partent toutes les deux chacune chez elle.

Sans prendre le temps de manger, Zoé se jette sur ce foutu travail…

Ras Le BOL Des PiraTes !

« Le prochain qui me parle de pirates, c'est simple, je le scalpe ! Non, c'est vrai, ce sont les Sioux qui faisaient ça… Je lui fais subir le supplice de la planche ! »

Bon, pour ce travail de malheur, une recherche sur le Net s'impose. Elle allume son ordi et tape… « PIRATE » !

« Tout plein de pages… Bon, tiens ! celle-là… »

Le dessin d'un coffre au trésor apparaît à l'écran.

« AH NON ! pas ça… »

Mais lorsque Zoé s'apprête à aller vers une autre page, elle remarque que le coffre représenté

sur l'image ressemble en tous points au coffre des pirates qu'elle a trouvé avec 4-Trine dans le puits...

Elle se met à lire le texte et découvre avec stupeur que ce petit coffre en émeraude rose, d'une VALEUR INESTIMABLE, avait été volé par des pirates et n'avait jamais été retrouvé.

« Le trésor est en fait... LE COFFRE LUI-MÊME ! réalise-t-elle. NOUS SOMMES RICHES ! »

Elle saute sur le téléphone et elle entend :

« Ouais, et tu sais l'autre soir... »

OUPS ! quelqu'un est sur la ligne.

« Pardon ! fait alors Zoé. C'est toi, Alex ?

— Qu'est-ce que tu veux ? lui demande-t-il, un peu choqué. Tu ne vois donc pas que je suis en pleine conversation ?

— J'ai ABSOLUMENT besoin de parler à 4-Trine ! Est-ce que tu peux raccrocher s'il te plaît ? »

Méga URGence !!!

« Pas question ! répond-il sèchement. Et j'en ai pour longtemps. »

PAS COOL, LE FRÈRE !!!

« Tant pis ! se dit-elle en se couchant. Demain, en direction de l'école, je lui annonce la nouvelle... »

BONNE NUIT...

Le lendemain matin, qui attend au point de rendez-vous habituel, devant la chocolaterie ? Zoé, comme toujours...

« Tu ne regardes pas les chocolats derrière la vitrine comme tu le fais d'habitude ? lui demande 4-Trine lorsqu'elle arrive à sa hauteur.

— LAISSE FAIRE LES CHOCOLATS ! l'intime Zoé de façon brusque. Où as-tu mis le coffre des pirates ?

— Le "STUPIDE COFFRE ROSE DES PIRATES", tu veux dire ?

— OUI ! OUI ! Le stupide coffre rose des pirates, répète Zoé, qui devient de plus en plus nerveuse. OÙ EST-IL ?

— DANS LA POUBELLE ! répond sèchement 4-Trine.

— QUOI ?

— Je l'ai jeté moi-même dans le camion à ordures qui passait, pour être certaine qu'il disparaisse de ma vue, raconte 4-Trine. À la poubelle, les mauvais souvenirs... »

Zoé s'affaisse et tombe assise sur le seuil de la chocolaterie. 4-Trine s'approche d'elle.

« Mais qu'est-ce que tu as ? Hier, tu détestais ce coffre de malheur...

— Hier soir, OUI ! Mais j'ai fait une recherche sur Internet, commence à lui raconter Zoé, la tête entre les mains, et j'ai découvert que le coffre avait été taillé dans une immense pierre précieuse... une émeraude rose ! Il valait une fortune... »

Devant elle, 4-Trine sourit...

« MAIS C'EST QUOI, TON PROBLÈME ? s'emporte Zoé. Est-ce que tu réalises ce que tu as fait ? Tu as jeté à la poubelle... DES MILLIONS !

— Ce matin, lui dit maintenant 4-Trine, lorsque je suis allée voir mes courriels, je suis allée sur le Net et j'ai vu MOI AUSSI que le coffre était en fait un TRÉSOR INESTIMABLE ! Ne t'en fais pas, je ne l'ai pas jeté. Il est bien chez moi, caché dans un endroit sûr...

— JE… VAIS… T'ÉTRIPER !!! dit Zoé en se relevant. Où l'as-tu caché, le coffre ?

— Qui est la plus belle ? lui répond 4-Trine.

— Cesse de déconner ! Où l'as-tu caché ?

— Qui est la plus géniale ?

— 4-TRINE ! JE VAIS VRAIMENT… T'É… TRI… PER…

— Qui est très GLAAAMOOUUR ??? »

Retourne ton roman

TÊTE-BÊCHE

pour lire l'histoire de

RÉSUMÉ

4-Trine

Tout a commencé à la bibliothèque de l'école lorsqu'une vieille feuille est tombée d'un grand livre sur les pirates. On aurait dit un plan, car il y avait un grand « X » noir et un beau coffre rose dessinés. C'ÉTAIT UNE VRAIE CARTE AU TRÉSOR !

Maintenant, tout le monde fait la queue à la photocopieuse et attend sa copie parce que lorsque la cloche va sonner, LA CORRIDA AU TRÉSOR va débuter...

ZOÉ

© 2005

ISBN : 2-89595-097-0

Gouvernement du Québec - Programme de crédit d'impôt pour l'édition de livres - Gestion SODEC

Boomerang éditeur jeunesse remercie la SODEC pour l'aide accordée à son programme éditorial.

Aucune partie de ce livre ne peut être reproduite ou copiée sous quelque forme que ce soit sans l'autorisation écrite de l'éditeur.

Imprimé au Canada
Dépôt légal : Bibliothèque nationale du Québec,
2ᵉ trimestre 2005
Dépôt légal : Bibliothèque nationale du Canada,
2ᵉ trimestre 2005

Boomerang éditeur jeunesse inc.
Québec (Canada)

Courriel : edition@boomerangjeunesse.com
Site Internet : www.boomerangjeunesse.com

Texte et illustrations par Richard Petit

Modèles numériques fournis par : Daz 3D, Renderosity, HandspanStudio, ThorneWorks, Patrick A. Shields, TrekkieGrrrl, HIM666, Amber Jordan, Maya, Laura Gilkey, 3dmodelz, Aya-Zoozi, Poism, Jen, Jaguarwoman, Uzilite, Nymesis, Epken, HMG Designs, Quarker, Anton's FX, 3D Universe, Hankster, Gerald Day, Palladium 17, HMann et plusieurs autres…

Il était 2 fois...

J'ai un peu le trac !

Bon ! Alors c'est moi qui vais lui expliquer. *Il était 2 fois...* est un roman TÊTE-BÊCHE, c'est-à-dire qu'il se lit à l'endroit, puis à l'envers.

NON ! NE TE METS PAS LA TÊTE EN BAS POUR LE LIRE... Lorsque tu as terminé une histoire, tu peux retourner le livre pour lire l'autre version de cette histoire. CRAQUANT, NON ? Commence par le côté que tu désires : celui de 4-Trine ou mon côté à moi... Zoé !

J'peux continuer ? BON ! Et aussi, tu peux lire une histoire, et lorsque le texte change de couleur, retourne ton livre. À la même page de l'autre côté, tu vas découvrir des choses...

Deux aventures dans un même livre.

Tu crois qu'elle a capté ?

CERTAIN ! Elle a l'air d'être aussi brillante et géniale que nous...

nous allons commencer par les présentations

non mais, quelle tête!

ZOÉ

4-Trine

Chouchoute du prof!!!
ARCHI FAUX!
qui a écrit ce mensonge odieux!
Je vais le dire au prof...
Euh! Laissez faire!

4-Trine, avant c'était Catherine...
Elle est la preuve qu'il y a de la vie
sur une autre planète... **BLAGUE**

ma meilleure chumie!

ALEX
Si tu le trouves mignon, prends un numéro, car tu n'es pas la seule...

FRÈRE DE ZOÉ

Bon!
elle...
c'est
notre prof?...
Gentille?
Des fois oui!

Capucine
ou te capu
méchante capu

c'est la chatte de...
4-Trine!
Tu as deviné à cause
des pics roses
sur sa tête, hein?

Poupou Vaudée
sert à jeter toutes
sortes de sortilèges.
AUX GARÇONS!
COOL!

Poupoulidou
est un petit extraterrestre
qui ne désire qu'une
chose: anéantir la
race humaine...
Mais sa maman ne
veut pas car ce n'est pas
bien!

Jamais, par le passé, il n'y a eu autant de changements à l'école de Woopiville. Tous les élèves, eh oui TOUS LES ÉLÈVES, sont scotchés à cette idée de transformer leur classe respective. Ils ont même un slogan qu'ils ont collé partout sur les murs :

Ça, c'est **L'éCOOLe**

Et ça marche, les élèves flippent à mort ! Tout le mérite de ce succès revient à deux filles... LESQUEL-LES ?

INDICES

Elles sont belles. Elles portent des fringues d'enfer. Ensemble elles sont SUPER COMPLICES, et tout le monde veut être leur ami ???

OUI ! Zoé et 4-Trine...

Zoé a un petit côté SAGE, TIMIDE, mais elle peut aussi être **FOLLe, DéLIRANTE !** Ça n'a aucun sens, mais il ne faut pas se fier aux apparences. Parfois elle est assez, beaucoup... **FIESTA !** C'est tout.

Catherine, elle... OUPS ! c'est vrai : 4-TRINE. Elle n'était plus CAP de répondre aux gens qui lui demandaient si « Catherine » s'écrivait avec un « C » ou un « K ». Alors elle a décidé, et avec raison, de leur répondre : NI L'UN NI L'AUTRE ! Il s'écrit avec un « 4 » pour « 4-Trine »...

Alors 4-TRINE, elle, en gros, clairement – en fait, c'est très difficile à avouer –, est UNE EXTRATER-RESTRE ! Elle porte sur sa tête deux antennes qu'elle

dissimule sous deux étranges chignons… NON ! c'est une blague… Elle est bien née sur Terre, car il y a des photos d'elle petite. TRÈS MIGNONNE ! Mais c'est un peu ça : elle a l'air et elle a les manies d'une extraterrestre, mais elle n'en est pas une… BON !

PAS DE CE MONDE !!!

L'histoire commence où ? À la bibliothèque de l'école. Tous les élèves de la classe sont là. Ici, c'est très important de respecter la consigne écrite sur la pancarte qui dit :

Qui est l'idiot qui a rajouté ça ?

Bien sûr, la section la plus achalandée est celle des bandes dessinées.

Il y a toujours plein d'élèves qui se chamail-lent silencieu-sement dans ce coin-là. Mais ne vous en faites pas, ce secteur est toujours placé sous haute surveillance : Caroline, la professeure, surveille. Bras croisés, il ne lui manque que le petit écouteur à l'oreille pour ressembler à un garde du corps de ministre.

Il est strictement interdit de parler ou de faire des bruits dégoûtants avec son corps

Assise par terre, sur un tapis, 4-Trine poursuit l'histoire de Poupoulidou, un livre HILARANT, com-plètement…

Poupoulidou PART 3

ACCULÉ AU PIED DU MUR, POUPOULIDOU N'A PAS D'AUTRE CHOIX.

JE VAIS ÊTRE SAGE !

EST-CE QUE POUPOULIDOU EST VRAIMENT SINCÈRE ?

WIIIIIITTT !

IL SIFFLOTE...

DERRIÈRE SON DOS, IL A LES DEUX DOIGTS CROISÉS.

OH LÀ LÀ ! IL A MENTI DE FAÇON IGNOBLE À SA PAUVRE MÈRE.

SES CHANCES DE RECEVOIR DES TAS DE CADEAUX À NOËL VIENNENT DE DIMINUER CONSIDÉRABLEMENT.

Dans la rangée des livres sérieux, se retrouve Zoumi, qui, comme toujours, fait semblant de chercher de la lecture plus intéressante. Zoé et 4-Trine l'ont aperçu...

« Mais qu'est-ce que fait encore Zoumi dans cette section ? se dit 4-Trine. Il va choisir un livre dans lequel il ne comprendra pas la moitié des mots, et devinez qui va être obligé de les lui expliquer ? S'il vient vers moi, je lui refile un dico. »

Zoumi observe autour si 4-Trine le voit et prend au hasard un vieux livre. Il l'ouvre sans regarder ce qu'il fait. Ça sent tout à coup très mauvais. Des pages jaunies du livre provient une odeur insupportable. Lorsque Zoumi tend les bras pour éloigner le livre de son visage, une feuille pliée tombe par terre. Zoumi n'a rien vu, car il a les deux yeux fermés et le visage tout en grimace, à cause de l'odeur.

Zoé et 4-Trine ont aperçu le papier et vont vers lui. Zoé ramasse délicatement le vieux papier de crainte qu'il ne tombe en pièces.

« C'est SUPER vieux, ce truc », dit-elle en le ramassant.

Zoumi ouvre les yeux, mais garde le livre loin... DE SON NEZ !

« Qu'est-ce que c'est ? demande 4-Trine. Un vieil examen qu'un élève a caché pour ne pas le montrer à ses parents ? Une note de la bibliothécaire ?

NON ! UNE LETTRE D'AMOOOUUR !

— CHUT ! fait tout bas Zoumi. Vous allez vous faire gronder, merci !

— Toi, t'occupe, lui intime 4-Trine. Mais qui est-ce qui pue comme ça ? C'est toi, Zoumi ? Tu devrais

INVESTIR et payer plus cher pour ton après-rasage, tu empestes !!! »

Zoumi sent son chandail, et Zoé ouvre lentement et délicatement la feuille…

« Mais je suis trop jeune pour me raser ! s'indigne Zoumi. Mon père m'a dit que pour me raser, il me fallait deux choses : un rasoir et de la barbe, merci !

— Un rasoir et ensuite de la barbe, se moque 4-Trine. Dans cet ordre ? Alors est-ce que c'est ton odeur corporelle de tous les jours ?

— Excusez-moi de vous demander pardon, répond Zoumi, mais je me douche chaque jour, merci !

— Tu m'énerves, Zoumi, avec tes "mercis" à la fin de CHACUNE de tes phrases…

— REGARDEZ ! leur montre Zoé, qui a ouvert la feuille. On dirait qu'il s'agit d'un plan…

— Un plan de quoi ? demande Zoumi. Merci !

— Ici, il y a un tracé, des mesures, remarque Zoé. UN GROS " X " et une espèce de coffre là… »

Le visage de 4-Trine s'illumine.

« C'EST UNE CARTE AU TRÉSOR ! s'exclame-t-elle. C'est évident ! »

CHHUUUUUUUUT !

« C'est une vraie, tu penses ? l'interroge Zoé.

— Non mais, t'as vu l'âge de ce truc ? Il est plus vieux que ma mère…

— Zoumi ! Montre-moi ce livre », lui demande Zoé.

Zoumi acquiesce avec plaisir (à cause de l'odeur).

« C'est un livre sur les pirates », constate-t-elle lorsqu'elle lit le titre.

PIRATES
ET
FLIBUSTIERS

« Il n'y a aucun doute, en déduit Zoé. C'est une vraie carte au trésor, et nous allons le chercher.

— Non mais, as-tu bien lu la carte ? veut savoir son amie 4-Trine. Ce trésor, s'il existe, se trouverait quelque part à Guadalboubou. C'est sans doute une petite île perdue et oubliée dans la mer des Caraïbes.

— T'es vraiment poche en histoire, tu sais, lui lance Zoé. Woopiville s'appelait auparavant, eh oui !

GUADALBOUBOU !

— Guadalboubou est en fait Woopiville ? veut confirmer 4-Trine, ahurie.

— YA SISTA ! Exactement... Depuis 1874.

— Est-ce que tu savais ça, toi aussi, Zoumi ? lui demande 4-Trine. Suis-je la seule ignorante de cette classe ?

— Oui, merci ! répond Zoumi.

— Oui, merci quoi ? Oui, je suis ignorante ou oui, tu le savais ?

— Oui, les deux ! précise-t-il. Je le savais, et tu es ignorante, merci !

— Qu'est-ce qu'on fait ? veut savoir Zoé. Nous le gardons pour nous trois, ce plan ? Qu'est-ce qu'on fait, dites-moi ?

— OH NON ! Nous allons permettre à tout le monde d'en croquer. D'ailleurs, si nous trouvons un trésor, tout le fric servira à l'amélioration de l'école. N'oublie pas, ça semble peut-être complètement idiot pour certains, mais ce que nous faisons pour l'école, nous le faisons aussi pour nous... ET JE SUIS LOIN D'ÊTRE UNE IDIOTE !!!

— Alors, à la photocopieuse ! ordonne Zoé. Il faut rassembler tout le monde.

— Occupe-toi de cette partie avec Zoumi, explique 4-Trine. Moi, je vais créer une diversion et distraire Caroline. »

D'un pas décidé, 4-Trine se dirige vers Caroline, sa professeure.

« Qu'est-ce que tu veux, 4-Trine ?

— Alors, oui, euh ! commence-t-elle, vous savez que les élèves m'ont élue Pépé de la classe, porte-parole. Alors ils m'ont demandé de vous transmettre ce commentaire : ils ne sont pas très contents du nouvel horaire des tâches, voilà.

— Mais qu'est-ce qui ne leur plaît pas dans cet horaire ? Nous en avons discuté en classe, et tout le monde semblait très satisfait...

— Je vous donne un exemple : vous avez chargé Charles de vider les poubelles. Il croit que vous lui avez donné cette tâche parce que son père est éboueur, et ça, ça l'a un peu vexé. »

GROS MENSONGE !!!

« Mais je ne savais pas ça ! » s'excuse Caroline, très mal à l'aise. Le poisson a mordu, alors pourquoi ne pas continuer…

« Il y a aussi Maude : vous lui avez demandé de ranger les dicos, après chaque journée d'école, sur la tablette AU BAS de l'étagère. Maude est la plus petite de la classe, les dicos sont lourds, et vous avez dit la tablette en bas, alors résultat, elle pleure tous les soirs chez elle…

— Je suis désolée ! dit Caroline, troublée. Je vais aller chercher dans la classe cet horaire pour faire les modifications… »

Caroline quitte en vitesse la bibliothèque.

Trois élèves arrivent avec Zoumi près de la photocopieuse.

« Mais qu'est-ce que c'est que cette histoire de trésor ? demande aussitôt l'un d'eux. Est-ce que c'est vrai ?

— Ce plan est tout ce qu'il y a de plus vrai, lui répond Zoé avec certitude. Il y a un trésor de pirates caché à Woopiville, et il faut le trouver… »

Zoé appuie sur le bouton.

ZZZZZZZZ ! CHOUP ! ZZZZZZZZ ! CHOUP !

« **POLICE !** Vous êtes tous en état d'arrestation ! lance 4-Trine, qui arrive près d'eux. **HI ! HI !** Caroline est partie dans la classe et elle m'a nommée responsable.

— Tenez, vos photocopies de la carte au trésor. Passez le mot aux autres pour qu'ils viennent eux aussi à la photocopieuse, indique Zoé.

— Dans l'ordre et la discipline, sinon vous allez goûter à ma matraque ! déconne 4-Trine.

— Elle t'a vraiment donné la responsabilité de toute la classe ? veut savoir Zoé, incrédule.

— Je suis très responsable, **TU SAURAAAAS !** » lui répond-elle en lui faisant une grimace.

Il faut croire que la chance est vraiment avec eux, car lorsque Zoé remet le dernier plan au dernier ami, **CAROLINE ARRIVE DANS LA BIBLIOTHÈQUE !**

OUF !

« ATTENTION TOUT LE MONDE ! crie-t-elle. Il ne reste que cinq petites minutes, alors ceux qui veulent prendre des livres, venez tout de suite, je vais les enregistrer. »

Quelques élèves accourent …

« JE N'AI PAS FINI ! » signale-t-elle.

Tout le monde reprend sa place.

« En entrant, j'ai aperçu sur une table… UN LIVRE SUR LES PIRATES. »

« CE N'EST PAS VRAI ! s'imagine malheureusement 4-Trine. Elle s'est aperçue qu'il se passait quelque chose de louche dans la bibliothèque. Elle va poser des questions et découvrir non seulement la vérité, mais aussi que je lui ai menti IGNOBLEMENT !

13

Je vais faire de la retenue le reste de ma vie, c'est certain. Je me vois dans quelques années, mère de famille, en retenue... AVEC MES PROPRES ENFANTS ! »

méchant cauchemar !

Caroline poursuit : « Et ce livre sur les pirates m'a donné une idée TRÈS INTÉRESSANTE ! Ce soir, comme devoir, je vais vous demander de faire un petit travail sur... LES PIRATES ! Leurs bateaux, leurs drapeaux, leurs armes, enfin, ce que vous voulez... »

Tous les élèves se regardent...

« Faites-moi quelque chose de joli avec plein de dessins, demande-t-elle ensuite. Ce soir, j'insiste pour que vous vous amusiez ! Demain, je vais offrir à celui ou celle qui m'aura produit le plus beau travail... UN CADEAU ! NON ! restons dans le thème : UN TRÉSOR !!! »

Zoé dévisage 4-Trine...

« C'est complètement fou, cette histoire !

— Dans une minute, la cloche va sonner, murmure 4-Trine, et, je ne sais pas si tu le réalises, mais dans une minute, nous allons vivre ce qui sera probablement... LA PLUS BELLE SOIRÉE DE NOTRE VIE !

— Ce n'est plus une CHASSE au trésor, conclut Zoé, tout excitée, c'est une... CORRIDA ! »

Les dernières secondes s'égrènent et enfin... la cloche se fait entendre.

Depuis que 4-Trine a tripoté le système informatique de l'école, c'est cette chanson que tout le monde entend lorsque les classes sont terminées. Elle a aussi changé le code d'accès de l'ordi, et personne ne peut remettre le tout comme c'était avant.

« ELLE DIT QU'ELLE T'AIME !... »

Ça fait criser le directeur, mais avouez, c'est beaucoup mieux que le stupide DRIIIING ! habituel...

Dans la cour de l'école, Zoé et 4-Trine consultent la carte.

« Pas très claire, cette carte, constate Zoé, qui essaie de comprendre. C'est tout plein de dessins et de mots, des mots qui n'existent même plus dans nos dicos.

— Regarde ce dessin d'immeuble, pointe 4-Trine. On dirait une fabrique... DE FROMAGE !

— Mais il n'y a pas de fabrique de fromage à Woopiville, fait remarquer Zoé.

— Non, et je crois que ce n'est pas le seul édifice à avoir été démoli et remplacé par un autre. Plus de cent ans se sont écoulés...

— Mais si la moitié des maisons ont été démolies, demande Zoé, comment allons-nous faire pour nous retrouver sur cette carte ?

— Ça ne sera pas simple, mais je crois que j'ai une idée, lui explique 4-Trine. Pour trouver l'emplacement de la vieille fromagerie, ça va nous prendre... DU FLAIR ! Ça va nous prendre...

CAPUCINE !!!

— Ce sont les chiens qui ont du flair, pas les chats ! affirme Zoé.

— Capucine n'est pas une chatte ORDINAIRE ! Elle possède des dons, réplique 4-Trine.

— OUAIS ! C'est vrai qu'elle est très douée pour manger les lacets des souliers et des espadrilles...

— JE SUIS SÉRIEUSE ! dit sèchement 4-Trine. Nous allons l'amener avec nous. Elle sera très utile.

— Tu crois sincèrement que *INDIANA* Capucine va être capable de trouver l'odeur du fromage d'une fromagerie détruite il y a de cela des années ?

— T'AS UNE AUTRE IDÉE ? répond 4-Trine. NON ! Alors c'est mon plan qui est le meilleur. Va chercher chez toi une lampe et quelques outils. Mieux vaut être prêtes à tout. Moi, je vais chercher Capu. On se rejoint dans quinze, devant la fontaine du parc... »

Sur sa planche à roulettes, 4-Trine roule à vive allure entre les lampadaires qu'elle ADORE contourner. Un petit passage très

16

serré entre deux maisons conduit directement dans la cour chez elle. Elle tente de pousser la porte... VERROUILLÉE ! Elle sonne alors...

DING ! DOUNG !

Pas de réponse...

DING ! DOUNG ! DING ! DOUNG !

« AH NON ! Ils ne sont pas arrivés... »
Elle fouille dans son sac à dos.

« **BURRITO !** » qu'elle s'écrie.
Ça, c'est son patois.

« J'ai oublié ma trousse à crayons à l'école, et il y avait... MA CLÉ DEDANS ! »
Elle réfléchit...

« Où est-ce que je l'ai laissée ? se met-elle à penser. À LA BIBLIOTHÈQUE ! OUI ! »

Et puis elle songe à une autre chose qu'elle a oubliée...

« DOUBLE BURRITOS ! »

Ça, c'est encore son patois, mais en double portion.

« Nous avons aussi oublié la carte au trésor... DANS LA PHOTOCOPIEUSE ! Est-ce que quelqu'un va la trouver ? OH NON ! Caroline... Elle fera des photocopies du nouvel horaire des tâches pour le remettre aux élèves demain matin... Tout ça, c'est de ma faute... »

De l'autre côté de la clôture, elle entend soudain miauler... CAPUCINE !

Entre deux planches, 4-Trine passe la tête.

« CAPUCINE ! Viens vers moi. Fais le tour et viens me voir, viens voir 4-Trine... »

Mais Capucine semble avoir d'autres plans. Elle s'éloigne et disparaît dans le passage...

« Nooooooooon ! Reviens ici, méchant chat... »

Sur sa planche, 4-Trine rebrousse chemin et poursuit Capucine, qui s'enfuit... À TOUTES PATTES ! Comme si elle savait qu'elle était poursuivie...

Toute petite, Capucine passe à peu près partout, et 4-Trine n'arrive plus à la suivre. Si bien qu'elle a perdu sa trace ! Plusieurs fois, elle fait le tour du pâté de maisons sans la trouver.

« Il va falloir dénicher nous-mêmes la fromagerie », se dit-elle, essoufflée.

Dans le parc, 4-Trine sourit lorsqu'elle aperçoit, dans les bras de Zoé... CAPUCINE !

MÉCHANT ! MÉCHANT CHAT...

« J'ai une lampe, des outils... ET TON CHAT ! dit Zoé à 4-Trine alors qu'elle arrive près d'elle. Dis, tu vas me laisser faire tout le boulot longtemps comme ça ?

— PFOU ! fait 4-Trine en même temps qu'elle attrape Capucine.

— Alors, comment tu vas faire maintenant ? demande Zoé.

— Nous allons faire comme à la télé, explique 4-Trine. Il me reste un bout de fromage de ma collation. Je vais le faire sentir à Capucine, et elle nous conduira directement à la vieille fromagerie. Enfin, j'espère... »

Après avoir senti le fromage, Capucine se pourlèche les babines et se met à courir. Direction : le dépanneur du coin...

Devant le dépanneur, elle s'arrête et se met à miauler.

MIAOU ! MIAOUU !

« Tu crois que c'est ici que se trouvait la fromagerie ? demande Zoé à 4-Trine. Qu'est-ce qui te dit que ce ne sont pas les crottes de fromage à l'intérieur qui ont attiré Capu ?

— SORTONS LA CARTE ! décide alors 4-Trine. REGARDE ! Sur la carte, devant la fromagerie, il y a une petite forêt. Ici, devant le dépanneur... IL Y A UN PARC !

— C'EST EXACT ! s'exclame Zoé. Ça ne peut pas être ailleurs à Woopiville.

— Le plan dit qu'il faut faire trois cents pas à partir de la statue du fondateur de la fromagerie.

— Tu vois une statue, toi ? demande Zoé. Jamais vu de statue ici, et je viens acheter des cochonneries presque tous les jours. AAAAAH ! Peut-être qu'elle se trouve à l'intérieur, ajoute-t-elle. ALLEZ ! On entre. »

« Si jamais il y a une statue de vieux monsieur à l'intérieur que je n'aurais jamais remarquée auparavant, je ne sais pas ce que je fais, se dit 4-Trine, qui en doute très fort. Tiens ! s'il y en a une, j'embrasse... UN PIGEON !!! »

Derrière la porte, Tong Pou les salue toutes les deux, comme s'il s'attendait à recevoir leur visite.

OH ! OH ! TRÈS BIZARRE...

Un peu surprises, Zoé et 4-Trine lui font un sourire timide et lui envoient la main. Tong Pou pointe ensuite un mannequin habillé en rappeur sur lequel sont accrochés des sacs de croustilles.

« Non, merci ! fait 4-Trine. Nous ne voulons pas de croustilles.

— OUI ! OUI ! C'est là ! C'est là ! » dit-il, insistant avec son doigt toujours pointé vers le mannequin.

Étonnée de voir que Tong Pou insiste, Zoé s'approche de la statue et lui enlève sa casquette. Sous celle-ci, qui était bien enfoncée sur la tête, elle découvre... UN VISAGE DE MARBRE !

LA STATUE DU FONDATEUR !!!

« **YAHOOOUUU !** hurle Zoé, nous l'avons trouvée. Si la statue existe, le trésor aussi... EXISTE !!! Nous allons être riches !

— **NON ! PAS YAHOU !**
reprend 4-Trine. Je ne
veux pas jouer les

rabat-joie,
mais comment se fait-il que Tong
Pou savait ce que nous cherchions ? »
Zoé se retourne vers Tong Pou.

« Vous n'êtes pas les seules à chercher cette statue, leur explique Tong
Pou. Il y a plusieurs élèves qui m'ont
posé des questions, même que trois
professeurs sont venus avec votre
directeur. »
Zoé et 4-Trine se dévisagent.

« **LES PROFS !** s'étonne Zoé.
Mais ils ne sont même pas au courant.
**CEUX QUI EN ONT PARLÉ AUX PROFS
VONT VRAIMENT SE FAIRE ENGUEU-
LER !!!**

— **Tu peux commencer par NOUS
engueuler tout de suite parce que...
C'EST NOUS,** lui dit 4-Trine. Nous
avons oublié la carte au trésor ORIGI-
NALE DANS LA PHOTOCOPIEUSE ! »
Zoé ferme les yeux, car elle réalise
sa MÉGA bévue...

« Ce n'est pas le temps de s'apitoyer sur notre sort ; nous avons pris du retard, et il faut essayer de rattraper le temps perdu… »

Déterminée, 4-Trine ouvre la carte.

« BON ! Maintenant, il faut faire trois cents pas.

— DANS QUELLE DIRECTION ? demande Zoé.

— Dans la direction indiquée par le regard de la statue.

— PAR LA FENÊTRE ! montre Zoé. Allons-y.

— Un, deux, trois… » compte 4-Trine, suivie de Zoé.

Tong Pou ouvre la fenêtre, et les deux filles glissent à l'extérieur.

« Six, sept, huit…. Deux cent quatre-vingt-dix ! »

Devant elles, à trois cents pas exactement, s'élève la vieille mairie construite à l'époque où Woopiville n'était qu'un simple village. C'est un monument classé historique, c'est pour cela qu'il existe toujours.

Zoé et 4-Trine aperçoivent le directeur près du vieil édifice. Il est accompagné de Caroline, qui prend des notes. Sans attendre, Zoé et 4-Trine sautent se cacher derrière un arbre. Des groupes d'élèves arrivent aussi autour de la mairie.

« Qu'est-ce qu'on fait ? demande Zoé. C'est tout plein de monde.

— Je préfère ne pas me montrer, lui répond 4-Trine. Et puis, ils ont tous l'air comme bloqués ici. »

RIEN CAPTÉ !!! Comme qui dirait…

« Regardons plutôt ce que dit la carte, propose alors 4-Trine, assise sur le gazon. Nous avons bien

compté les pas, donc nous sommes à la bonne étape… AH ! TIENS ! il y a une indication, il est écrit : "L'HEURE, C'EST AUTRE CHOSE QUE LE TEMPS"… »

Dans sa tête, 4-Trine cherche…

« L'heure qui n'est pas l'heure ??? En tout cas, dans l'ancien temps, ils n'étaient pas très doués pour les énigmes. Mais tout de même, ils auraient pu se forcer. Si l'heure, c'est autre chose, alors de quoi s'agit-il ? »

« T'as une idée, toi ? lui demande Zoé, complètement perdue. Peut-être que nous devrions nous joindre aux autres ? Ensemble, nous aurions plus de chance de trouver le trésor.

— AH OUAIS ! se moque 4-Trine. Et lorsque nous serons près du but, le directeur nous ordonnera de rentrer pour s'emparer seul du butin des pirates…

PAS QUESTION !

— Tu crois vraiment que s'il trouve le trésor avant nous, il va le garder pour lui ?

— Veux-tu en courir le risque ? »

Zoé fait non de la tête.

« Ce trésor va appartenir à ceux qui réussiront à le trouver ! continue 4-Trine. C'est le butin de multiples pillages de navires, donc… UNE GRANDE FORTUNE !

— Alors, il faut le trouver avant lui », souhaite Zoé.

Ensemble, elles étudient la carte. Sur la façade de la mairie, il y a une grande horloge qui fonctionne toujours. C'est peut-être la clé de l'énigme. Zoé observe les longues aiguilles, ensuite les chiffres.

« Très, très curieux, ces chiffres ; ils ont des formes plutôt étranges. »

4-Trine remarque tout à coup que le chiffre « 7 » a des trous... COMME DU FROMAGE SUISSE ! Zoé note ensuite que le chiffre « 4 » est un petit arbre dessiné.

« JE SAIS ! s'exclame soudain Zoé. Le chiffre « 7 » représente la fromagerie, et le « 4 » représente le parc... L'HORLOGE EST UNE CARTE DE LA VILLE !

— T'ES CERTAINE ? »

Je FLIPPE à MORT !

« Et le centre de l'horloge est l'endroit exact..., commence à dire Zoé.

— OÙ SE TROUVE LE TRÉSOR ! » termine 4-Trine.»

WAOUH !

« Si nous réussissons à identifier tous les chiffres et les nombres de l'horloge... NOUS TROUVERONS L'ENDROIT OÙ EST CACHÉ LE TRÉSOR !!! affirme Zoé, certaine de ce qu'elle avance.

— MÉGA COOL ! s'exclame 4-Trine. Les casse-tête et les jeux de réflexion, c'est vraiment ton secteur... T'ES LA TOP ! Alors occupe-toi de résoudre l'énigme, moi, je vais aller rejoindre le directeur et l'envoyer sur une mauvaise piste, question de gagner du temps. »

Cachée par les voitures, 4-Trine marche le dos courbé. Elle traverse la rue et court rejoindre le directeur, qui examine chacune des briques de l'édifice à la recherche d'une indication quelconque pouvant le conduire au trésor.

« Alors, monsieur le directeur, qu'est-ce que vous faites par ici ? demande 4-Trine, l'air de rien. Vous voulez acheter l'immeuble pour agrandir l'école ? C'EST UNE SUPER BONNE IDÉE ! Nous avons vraiment besoin d'un plus grand gymnase, vous savez. »

Le directeur, qui ne se doute pas que 4-Trine connaît tout sur l'existence du trésor des pirates, essaie maladroitement de cacher les raisons de sa présence près de la mairie.

« EUH ! non, pas du tout, répond-il nerveusement. Avec trois de mes collègues, je dois rencontrer monsieur le maire pour discuter du budget de l'école. Beaucoup, beaucoup d'argent... »

AUSSI MENTEUR QU'UN DENTISTE !

« Ah oui ! poursuit 4-Trine. J'ai remarqué qu'il y avait tout plein d'élèves près de l'école qui, imaginez-vous, jouaient à la chasse au trésor. »

Caroline et les deux autres professeurs se rapprochent.

« OUAIP ! COMPLÈTEMENT CINGLÉS ! Ils ont essayé de me faire avaler qu'un trésor de pirates se cachait sous les fondations de l'école. DU DÉLIRE ! Ils avaient tous une espèce de carte et prétendaient qu'ils avaient trouvé la solution de l'énigme. DES FOUS, JE VOUS DIS !!!

— À l'école, tu dis, répète Caroline.

— PARFAITEMENT ! »

Caroline jette un regard au directeur.

« Alors je vous souhaite une hyper soirée », leur

lance 4-Trine avant de quitter sur sa planche.

Plus loin, elle s'arrête et se cache derrière le coin de l'édifice pour observer le directeur. Il discute quelques secondes avec Caroline, puis quitte avec les autres dans sa voiture...

Direction... L'ÉCOLE ! BIEN SÛR...

Fière de son coup, 4-Trine se frotte les mains avant de rejoindre Zoé, qui l'attend.

« La première chose que tu dois faire lorsque nous allons trouver ce trésor est de m'acheter un trophée... UN OSCAR ! lui dit 4-Trine, très excitée. J'ai réussi à mettre le directeur et sa bande de chasseurs de trésors sur une TRÈS mauvaise piste. Ils ont TOTALEMENT cru ce que je leur ai dit...

— **YAHOOOUUU !** s'écrie Zoé.

— Et toi, as-tu réussi à résoudre l'énigme de la carte et trouvé l'endroit où se cache le trésor ? »

Zoé sourit et fait un signe affirmatif de la tête.

« **TROP COOL !** se réjouit 4-Trine en prenant Zoé dans ses bras. Et où il se trouve, ce trésor des pirates, qui deviendra sous peu... LE TRÉSOR DE ZOÉ ET 4-TRINE ?

— Tiens bien l'anneau que tu as dans le nez parce que tu ne vas pas me croire...

— **OÙ ? OÙ ? OÙ ?** veut savoir 4-Trine, toute fébrile.

— À L'ÉCOLE ! Il se trouve caché à l'endroit exact où a été construite l'école... PEUX-TU LE CROIRE ? »

4-Trine arbore une mine déconfite, aussi déconfite qu'une tarte écrasée par un gros camion...

Zoé est étonnée de sa réaction.

« QUOI ? QU'EST-CE QU'IL Y A ? T'es pas contente ? J'ai trouvé l'endroit où se cache le trésor et t'es pas contente...

— Non, pas contente, pas contente du tout ! Parce que devine où j'ai envoyé le directeur chercher le trésor...

— NON MAIS, JE RÊVE ! implore Zoé. Que dis-je... JE FAIS UN CAUCHEMAR !

— YEP ! À L'ÉCOLE ! »

Zoé se laisse choir par terre.

POUM !

Désolée, 4-Trine fixe le sol.

De longues secondes s'écoulent avant que l'une des deux se décide à briser le silence.

Zoé se relève et regarde 4-Trine directement DANS LES YEUX.

« Tu vas bien m'écouter maintenant, lui dit-elle, l'air très sérieux. Il n'est pas question de LÂCHER, est-ce que tu m'entends ? ALLÔ !!!

— Je m'excuse, soupire son amie.

— *NON !* reprend Zoé, tu n'as aucune raison de t'excuser, AUCUNE ! La partie n'est pas terminée, alors tu vas te ressaisir, car j'ai vraiment besoin de toi pour trouver ce foutu trésor. Tu oublies que nous sommes LES PLUS GÉNIALES ET LES PLUS BRILLANTES !

— LES PLUS BELLES AUSSI ! ajoute 4-Trine.

— Oui, certain, mais ça ne va pas nous aider à trouver le trésor... »

Zoé sur sa trottinette, 4-Trine sur sa planche, les filles partent, décidées, en direction de l'école. Là, il n'y a personne en vue. Trottinette et planche cachées dans les buissons, elles essaient d'ouvrir la grande porte...

VERROUILLÉE ! C'EST SÛR...

« Je connais une façon d'entrer, dit alors 4-Trine. Attends-moi ici, je vais t'ouvrir. »

Zoé fait oui de la tête, et 4-Trine disparaît dans la cour de l'école.

Dos collé au mur pour ne pas être repérée par les autres chasseurs de trésor, 4-Trine se rend, à la façon d'une espionne, à la remise du concierge. C'est dans cette espèce de baraque que sont entreposés le tracteur pour tondre le gazon et les autres trucs pour entretenir la cour de l'école.

Là, 4-Trine pousse une planche, passe son bras dans une ouverture et tire sur une ficelle attachée à la serrure.

CHLIC ! Porte déverrouillée.

La porte de la remise s'ouvre, et 4-Trine entre. Elle est la seule élève de l'école à connaître l'existence de ce petit système que s'est bricolé le concierge pour les urgences. C'est-à-dire au cas où il oublierait son trousseau de clés à l'intérieur.

« Je devrais faire la même chose chez moi, à la maison, se dit 4-Trine, parce que OUBLIER MA CLÉ, moi, ça m'arrive trop souvent à mon goût. »

Un petit couloir sombre conduit 4-Trine jusqu'à une porte cachée tout près de la salle des profs. Lentement, juste un peu, elle ouvre la porte. Est-ce que la voie est libre ? NON ! Au bout du couloir, 4-Trine aperçoit le directeur à l'entrée. Il discute avec... ZOÉ !

C'est vraiment le temps de dire : BUPPITO !

Pas moyen d'entendre la discussion.

Il y a clairement de l'activité en haut dans une classe. Il y en a qui cherchent le trésor...

« Zoé, dépêche-toi, soupire 4-Trine, le temps presse. »

À l'entrée, le directeur gueule quelque chose à Zoé et referme violemment la porte.

BLAaaaam !

OH ! OH ! LE DIRECTEUR S'AMÈNE ! 4-Trine referme la porte et ne laisse qu'une petite ouverture par laquelle elle l'aperçoit qui passe. L'index du directeur se rapproche de son nez...

« POUAH ! fait 4-Trine dans la noirceur. UN ADULTE !!! »

30

Le directeur monte les marches et disparaît dans la cage d'escalier. 4-Trine ouvre doucement la porte, traverse le couloir et file vers le sous-sol où, par une fenêtre ouverte, elle lance un « PSSSSSSSSST ! » à Zoé...

Zoé se penche vers 4-Trine...

« Alors je vais prendre deux hot-dogs, une frite et un cola, s'il vous plaît. C'est pour emporter !

— Pas le temps de déconner ! s'impatiente 4-Trine. Ils sont en train de fouiller l'école de fond en comble. Moi, je crois que nous devrions commencer par ici. Allez, entre !

— Mais, remarque Zoé, le plancher, ici, ce n'est pas du ciment, c'est de la terre...

— Exactement ! Et tu sais que les pirates ENTERRAIENT leurs trésors, alors c'est logique de commencer par ici. Montre-moi la carte. »

Sous la lueur faible d'une lumière suspendue au plafond, elles essaient toutes les deux de comprendre ce que représentent les signes et les dessins.

« OUAH ! fait Zoé. Dessinée sur le grand "X" noir, il y a une espèce de crâne avec une espèce de foulard sur la tête et une espèce de couteau entre les dents.

— Bien justement, t'as pas à avoir peur, ce n'est qu'une ESPÈCE de dessin...

— Tu comprends quelque chose, toi ? questionne Zoé. Cette phrase dit : "Beaucoup plus qu'un couteau entre les dents." »

4-Trine étudie bien l'image.

« Tu vois autre chose qu'un couteau entre ses dents, toi ? demande-t-elle à Zoé, qui se gratte la tête. T'as des poux ? »

PAS GENTIL !!!

« Je réfléchis, idiote ! répond Zoé, insultée. Tu devrais essayer de temps à autre, surtout avant de parler… »

Zoé se concentre…

« Je crois qu'il y a autre chose que le couteau entre les mâchoires de ce crâne, réfléchit-elle. Et ce "autre chose" ne peut être que la vedette du jour. Et j'ai nommé… LE TRÉSOR !

— Alors si j'ai bien capté, reprend 4-Trine, si nous trouvons le crâne, nous trouverons aussi le trésor…

— C'EST EXACT ! s'exclame Zoé sur un ton moqueur. Et qu'est-ce que remporte notre participante, Georges ???

— Arrête de niaiser, lui intime 4-Trine. Tu vois un crâne par ici, toi ?

— T'énerve ! Je vais chercher… »

Bon ! Ici, en bas, c'est humide, ça ne sent pas très bon, et surtout, IL N'Y A PAS DE DESSIN OU DE CRÂNE SCULPTÉ SUR LES MURS ! Alors ce n'est pas ici…

BURRITO !!!

32

« Donc nous n'avons plus le choix, se résigne Zoé. Il va falloir fouiller toute l'école pour trouver ce crâne.

— TOUTE L'ÉCOLE ! dit 4-Trine, découragée. L'école est grande en titi... »

Des pas se font entendre...

POUM ! POUM ! POUM !

... dans l'escalier.

« Ils viennent par ici, chuchote Zoé à l'oreille de 4-Trine. Filons par l'autre porte.

En douce, elles trottent droit vers le grand escalier qui les conduit tout à fait en haut. Cinquième étage...

En passant près d'une fenêtre, 4-Trine jette un coup d'œil à l'extérieur, puis stoppe complètement.

« Regarde ! » dit-elle à Zoé. Zoé se penche vers la fenêtre.

— D'autres élèves de la classe arrivent, puis après ?

— NON ! NON ! NON ! Tu ne remarques rien ? insiste 4-Trine. »

« Non mais, elle est complètement aveugle... ÇA SAUTE AUX YEUX ! Dire que personne n'a jamais remarqué auparavant. C'est vrai qu'il faut avoir un peu d'imagination pour l'apercevoir... »

« Désolée ! se résigne à lui dire Zoé. Je ne vois rien... De quoi tu parles ? Montre-moi !

— Le parc en plein milieu de la cour de l'école, lui explique 4-Trine. Observe sa forme curieuse.

33

— Une tête, UN CRÂNE ! réalise soudain Zoé. Il a la forme d'un crâne... »

« **YEP!** EXACTEMENT ! Il a la forme d'un crâne, lui montre du doigt 4-Trine. Les deux grosses roches forment les orbites, et entre ses mâchoires, il y a...
— LE VIEUX PUITS CONDAMNÉ !!!
— ET TOC !!! »

STRATÉGIE ! STRATÉGIE !

« Et maintenant, on fait quoi ? demande Zoé. On informe les autres ?
— Pour alerter le directeur ? s'oppose vivement 4-Trine. T'ES FOLLE ! Toi, tu prends la direction du puits. Retourne au sous-sol et ressors par la fenêtre. Ne te fais pas voir par le directeur et les autres. Moi, sans que personne ne me voie, je vais ouvrir la porte pour permettre à nos amis d'entrer dans l'école. Ensuite, la voie sera libre, et je te rejoindrai au puits... »

GO ! GO ! GO !

Sur la pointe des pieds, Zoé et 4-Trine descendent les marches jusqu'au rez-de-chaussée.

Là, Zoé montre son pouce à 4-Trine, et les deux amies prennent des directions différentes.

Dans le couloir, 4-Trine s'immobilise pour écouter. Elle entend : « **CHH ! CLIC ! POUF ! GLOU ! GLOU ! GLOU !** »

« Ah non ! la machine à café… murmure-t-elle. Ils sont dans la salle de repos des profs. »

MAUVAISE NOUVELLE !

« Je dois absolument passer devant pour aller ouvrir la porte principale », réalise-t-elle.

CHH ! CLIC ! POUF ! GLOU! GLOU ! GLOU !

« JE SAIS ! Pour ne pas qu'ils m'entendent, je vais passer très vite devant l'entrée de la salle lorsque la machine sera en marche. Ils sont quatre, et la machine a déjà fonctionné deux fois. Alors il me reste deux autres cafés pour passer. Enfin, la machine va fonctionner deux fois encore. Au café suivant, je passe et je vais déverrouiller la porte principale. Au dernier café, je repasse et je cours en direction du sous-sol pour aller rejoindre Zoé…

CHH ! CLOC !
Et 4-Trine s'élance…

35

Elle glisse, s'arrête devant la grande porte, tourne le loquet et reviens vite sur ses pas...

Le dos au mur, elle attend le dernier café. Quelques secondes s'écoulent avant que...

CHH ! CLOC ! POUF !

Elle s'élance, fait une grimace devant l'entrée de la salle, et s'enfuit vers le sous-sol.

Zoé fait un grand sourire à 4-Trine, qui arrive au puits.

« T'es sérieuse ? lui demande-t-elle. C'est là que se cache le trésor ? »

Zoé fait oui de la tête...

YESSSS !

Frénétiques, elles enlèvent le tas de feuilles qui couvre en partie l'entrée. Debout sur le couvercle du puits, elles cherchent toutes les deux une ouverture pour pénétrer à l'intérieur.

« Bon ! il n'y a pas de porte ni de poignée ! remarque Zoé.

— Ni de serrure ! constate 4-Trine, elle aussi.

— C'est peut-être un mécanisme à

36

déclenchement
vocal comme dans
l'histoire d'Ali Baba,
songe tout haut Zoé.
— Euh ! pardon ?
Pouvez-vous répéter
la question ? fait 4-Trine, qui
n'a absolument rien compris…
— Rappelle-toi, lui raconte alors
Zoé. Pour ouvrir sa grotte,
Ali Baba devait prononcer une
parole magique.
— AH OUAIS ! se souvient
maintenant 4-Trine. Ça ne coûte rien
d'essayer. Alors, d'après toi, qu'est-
ce qu'il faut dire à cette foutue entrée
pour qu'elle s'ouvre ? S'il vous plaît,
laissez-nous entrer ?
— Le nom du pirate, peut-être ?

37

— Ouais ! réalise soudainement 4-Trine. C'est quoi, au fait, le nom de ce pirate ?

— BARBE FOU ! » répond Zoé en regardant la feuille.

Tout de suite, le bruit d'un mécanisme qui s'enclenche se fait entendre.

CRIIC ! **CLAANC !** *CRRR !*

Le plancher de bois s'enfonce lentement avec Zoé et 4-Trine.

Au-dessus de leur tête, le cercle de lumière de l'embouchure du puits se fait de plus en plus petit.

À une dizaine de mètres sous le sol...

BLANG !

... le mécanisme s'arrête au fond d'une vaste grotte sombre et humide. Zoé allume sa lampe et descend de la plaque de bois. Trois chauves-souris se décrochent de la voûte et disparaissent dans un passage.

HRUIII !

HRUIII !

HRUUUII !

4-Trine sourit et montre le passage à Zoé, qui y pointe sa lampe.

De l'eau s'écoule par grosses gouttes sur leur tête. Le passage est étroit. La tête penchée, elles avancent prudemment. Tiens ! il y a des dessins sur les parois.

Le cœur de Zoé bat à tout rompre.

« J'ai un peu peur ! chuchote-t-elle à son amie.

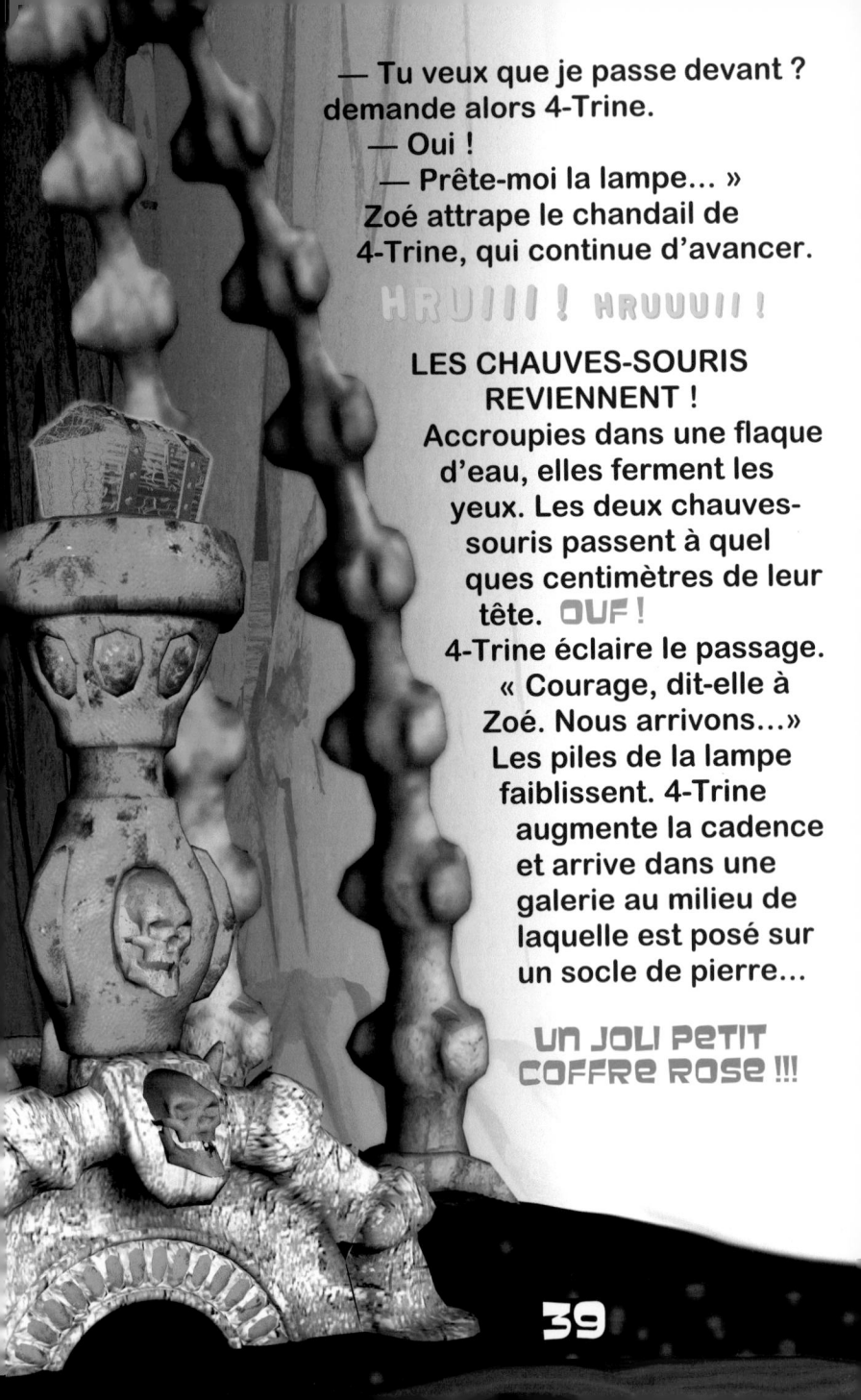

— Tu veux que je passe devant ? demande alors 4-Trine.

— Oui !

— Prête-moi la lampe… »
Zoé attrape le chandail de 4-Trine, qui continue d'avancer.

HRUIII ! HRUUUII !

LES CHAUVES-SOURIS REVIENNENT !

Accroupies dans une flaque d'eau, elles ferment les yeux. Les deux chauves-souris passent à quel ques centimètres de leur tête. OUF !

4-Trine éclaire le passage. « Courage, dit-elle à Zoé. Nous arrivons…»
Les piles de la lampe faiblissent. 4-Trine augmente la cadence et arrive dans une galerie au milieu de laquelle est posé sur un socle de pierre…

UN JOLI PETIT COFFRE ROSE !!!

Zoé oublie sa peur.

4-Trine s'approche du coffre. Avec le faisceau de la lampe qui faiblit de plus en plus, elle examine rapidement le coffre et le socle, question de ne pas se faire prendre par un quelconque piège.

ON DIRAIT QU'IL N'Y A RIEN !

Lentement, Zoé soulève le coffre et s'arrête. Pas de bruit ! C'est bon signe... Elle le glisse ensuite dans son sac à dos, et toutes deux retournent se placer sur la plaque du puits qui s'actionne avant même qu'elles aient prononcé le moindre mot.

Zoé, qui ne comprend pas ce qui se passe, regarde 4-Trine et hausse les épaules. En haut, dans l'ouverture du puits, elles aperçoivent des ombres qui bougent.

OUAIP ! C'est le directeur ! Il est avec Caroline et les deux autres professeurs. Tous les élèves de la classe doivent être là aussi...

Une fois qu'elles sont arrivées tout à fait en haut, il tend sa main ouverte vers les deux filles d'un air victorieux. 4-Trine baisse la tête. Zoé, la mine déconfite, fouille dans son sac et remet le petit coffre rose... AU DIRECTEUR !

Autour de lui, tout le monde se rassemble. Avec un tournevis, le directeur brise la serrure du petit coffre et découvre à l'intérieur... ABSOLUMENT RIEN ! Le coffre est vide...

40

Sans bouger la tête, il lève les yeux vers Zoé et 4-Trine. La colère peut se lire dans son regard. Il s'approche de 4-Trine...

OH LÀ LÀ !!!

« Tiens, dit-il en essayant de garder son calme devant tout le monde, tu peux le garder TON STUPIDE COFFRE ROSE ! Ça va te faire un beau coffre à bijoux. »

Et il s'éloigne vers sa voiture.

Caroline croise les bras.

« Bon, alors n'oubliez pas votre travail pour demain matin, rappelle-t-elle à tout le monde. Je veux un travail sur les pirates et je ne veux pas que vous m'écriviez quoi que ce soit sur ce qui vient de se passer. Compris ? »

Caroline s'approche de Zoé et 4-Trine.

« Et vous deux, vous êtes TRÈS CHANCEUSES d'avoir oublié la carte au trésor dans la photocopieuse parce que le directeur vous aurait sans doute accusées du vol de matériel scolaire si vous étiez parties avec...

TRÈS CHANCEUSES !

— Tout est bien qui finit bien, madame », dit 4-Trine.

Caroline ainsi que tous les autres s'éloignent et rentrent.

Les mains sur les hanches, très mécontente, Zoé tape du pied.

« Tout est bien qui finit bien, tu dis ? lui répète-t-elle. Nous avons perdu la soirée à courir après ce

stupide coffre rose… VIDE !

— Est-ce que tu le veux, toi ? lui demande alors 4-Trine. Ça pourrait te faire un souvenir…

— Je ne veux pas de souvenir parce je ne veux pas me rappeler cet épisode TRÈS MOCHE de ma vie… TU SAURAS !!! »

Très déçues, elles partent toutes les deux chacune chez elle.

Toute dépitée, 4-Trine arrive chez elle.

« TIENS ! la cuisine est propre, donc le repas est terminé. Je vais encore manger toute seule…

— C'EST TOI, ma puce ? lui crie sa mère du salon.

— Je déteste ça lorsqu'elle m'appelle "ma puce", ça fait des millions de fois que je le lui dis… OUI, C'EST MOI !!! »

Du garde-manger, 4-Trine attrape le pot de beurre d'arachide et le pain.

« Deux tranches de pain au beurre d'arachide. Un vrai festin de reine. »

Consternant !!!

Ensuite, sans attendre plus longtemps, elle se jette sur ce foutu travail qu'elle doit faire sur ces foutus pirates qu'elle méprise, maintenant.

43

« **BAH !** peut-être que si je travaille très fort, je pourrais gagner le cadeau que Caroline a promis à celui ou celle qui ferait le plus beau travail. On ne sait jamais… »

Une belle page avec des textes et des images…

Le temps passe, et arrive l'heure de se coucher.

Dans son lit, 4-Trine regarde sur son bureau LE STUPIDE COFFRE ROSE.

Elle lui lance un coussin et se met à penser à toutes les choses qu'elle aurait pu acheter avec UN VRAI TRÉSOR : des vélos de montagne pour tout le monde, des centaines de blocs de couleur pour faire de l'escalade dans le gymnase, de nouveaux ordinateurs…

« Mais non ! Il a fallu que je tombe sur le seul pirate… PAUVRE ! »

Puis elle s'endort… enfin…

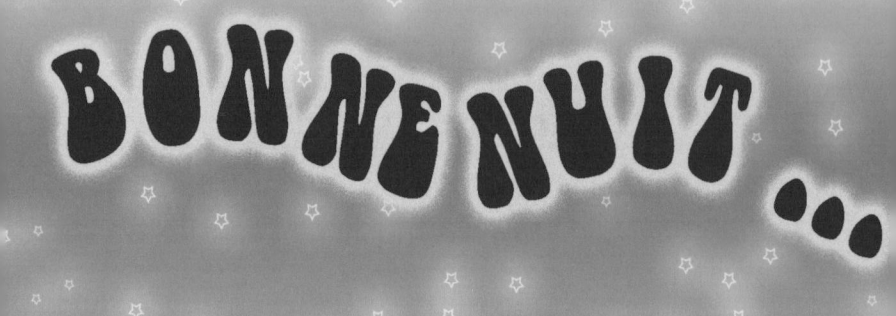

Le lendemain matin, qui attend au point de rendez-vous habituel, devant la chocolaterie ? Zoé, comme toujours…

« Tu ne regardes pas les chocolats derrière la vitrine comme tu le fais d'habitude ? lui demande 4-Trine lorsqu'elle arrive à sa hauteur.

— LAISSE FAIRE LES CHOCOLATS ! l'intime Zoé de façon brusque. Où as-tu mis le coffre des pirates ?

— Le "STUPIDE COFFRE ROSE DES PIRATES", tu veux dire ?

— OUI ! OUI ! Le stupide coffre rose des pirates, répète Zoé, qui devient de plus en plus nerveuse. OÙ EST-IL ?

— DANS LA POUBELLE ! répond sèchement 4-Trine.

— QUOI ?

— Je l'ai jeté moi-même dans le camion à ordures qui passait pour être certaine qu'il disparaisse de ma vue, raconte 4-Trine. À la poubelle, les mauvais souvenirs... »

Zoé s'affaisse et tombe assise sur le seuil de la chocolaterie. 4-Trine s'approche d'elle.

« Mais qu'est-ce que tu as ? Hier, tu détestais ce coffre de malheur...

— Hier soir, OUI ! Mais j'ai fait une recherche sur Internet, commence à lui raconter Zoé, la tête entre les mains, et j'ai découvert que le coffre avait été taillé dans une immense pierre précieuse... UNE ÉMERAUDE ROSE ! Il valait une fortune... »

Devant elle, 4-Trine sourit...

« MAIS C'EST QUOI, TON PROBLÈME ? s'emporte Zoé. Est-ce que tu réalises ce que tu as fait ? Tu as jeté à la poubelle... DES MILLIONS !

— Ce matin, lui dit maintenant 4-Trine, lorsque je suis allée voir mes courriels, je suis allée sur le Net et j'ai vu MOI AUSSI que le coffre était en fait un TRÉSOR INESTIMABLE ! Ne t'en fais pas, je ne l'ai pas jeté. Il est bien chez moi, caché dans un endroit sûr...

   — JE... VAIS... T'ÉTRIPER !!! dit Zoé en se relevant. Où l'as-tu caché, le coffre ?

   — Qui est la plus belle ? lui répond 4-Trine.

   — Cesse de déconner ! Où l'as-tu caché ?

   — Qui est la plus géniale ?

   — 4-TRINE ! JE VAIS VRAIMENT... T'É... TRI... PER...

   — Qui est très **GLAAAMOOUUR** ??? »

FIN